NIKKE
GODDESS OF VICTORY
青春バースト！
ニケ学園
持崎湯葉
イラスト＝Nagu
原作＝SHIFT UP

CONTENTS

SEISHUN BURST! NIKKE GAKUEN

NIKKE
GODDESS OF VICTORY

青春バースト！ ニケ学園

持崎湯葉

イラスト＝Nagu

原作＝SHIFT UP

第0話　マリアン

「ニケ学園へようこそ、指揮官」

長い髪が風になびく。少女は柔らかな笑顔で私を出迎えた。

私を指揮官と呼ぶのなら、彼女はきっとこの学園の生徒だろう。だがその雰囲気は大人びていて、その表情だけで、私の中に渦巻いていた緊張感を和《やわ》らげてくれた。

「君は？」

「マリアンと申します。本来なら副校長が出迎える予定でしたが、急用が入ってしまったとのことで、代わりに私が学園内をご案内するよう依頼されました」

「そういうことか。なら、よろしく頼むマリアン」

「はい。それでは、こちらへどうぞ」

マリアンに歩幅を合わせ、私はこの中央ニケ学園の敷地《しきち》へ踏み込んでいく。

本日より、ここが私の職場となる。

「指揮官は、学園都市アークは初めてですか？」

「いや、アーク内の学校でエンカウンターを学んできたんだ」

「あ、そうなのですね。ならアークでの生活も長いのでしょう」

「ああ。君もそうなのか？」

尋ねると、マリアンは誇らしそうに告げた。

「はいっ。私もプロを目指すニケですから」

エンカウンターという競技が、世界的なコンテンツとなったのは少し前のこと。

ラプチャーと呼ばれる競技用の機械兵を、銃器やロケット砲などによって討伐。そのタイムや討伐数などを競う。

基本的にはチームで行う競技であり、編成された複数名のプレイヤーで連携し、ラプチャーに立ち向かっていく。

人は彼女らを、ニケと呼ぶ。

プロのニケの試合は全世界に生中継されるほどの人気を誇り、人々の心を夢中にしている。

市場規模も拡大を続けており、つい先日も、とある強豪チームが一人のニケに莫大《ばくだい》な契約金を提示して話題を呼んだ。

プロとして世界で活躍するニケは憧《あこが》れの的であり、プロのニケを志す者も多い。

そんな者たちのために創設されたのがここ、学園都市アークなのだ。

「そうか。そんな頃からエンカウンターを」

「はい。なので普通の人が中学校に通う年齢の頃から、私はアークにいます。そういった子はたくさんいますよ」

学園の敷地内の野外訓練場に沿って歩く。見ればニケと思《おぼ》しき少女たちが、連携を確認しているのだろう、まだ幼い声を張り上げて走り回っていた。

「頭が下がるな。毎日厳しい訓練に加えて、勉学にも勤《いそ》しんでいるのだろう？」

「ですが、充実しています。エンカウンターはやっぱり楽しいです」

競技人口が増加し、興行としての需要も拡大しているエンカウンター。

その主役と言えるニケは、今やダイヤの原石を発掘するところからが勝負とされている。

素質を見込まれたニケたちは、早ければ中高生くらいの年齢からマネジメントを担うプロダクションと契約を結び、プロ育成学校へと通う。

ここ学園都市アークは、世界でも有数のニケ育成機関だ。

ニケのプロダクションの大手であるエリシオン・ミシリス・テトラの三社が出資、運営しており、プロのニケを目指す者たちが日々訓練に励んでいる。

学《まな》び舎《や》や宿舎、広い訓練場や武器製造工場を有している他、学園生の憩《いこ》いの場となる歓楽街も敷地内《しきちない》に併設されている。このアークで生活のすべてが揃《そろ》うと言っていい。

「指揮官も、士官学校ではさぞかし濃密な日々を過ごしたのではないですか?」

「ああ。毎日頭がパンクしそうなほど、戦術を学んだよ」

エンカウンターにおいて戦術を組み立てたり戦闘の指揮をしたりコーチングを役割とする、指揮官を育成する士官学校も、学園都市アークには存在する。

そこを卒業したばかりの指揮官は、ニケ育成学校にてプロを目指すニケの育成に携《たずさ》わるのが通例となっていた。

それにより私は、この中央ニケ学園に配属となったのだ。

「フィールドに立った指揮官が、どのように私たちを導いてくれるのか、楽しみです」

「そうやって品定めするのかな？」

「ふふ、そんなことはありませんよ。ニケは指揮官に従います」

クスクスと笑うマリアン。まだ彼女のニケとしてのプレイを見たことはないが、きっと優秀なのだろう。強いニケはその立ち姿で分かるというものだ。


その後も私はマリアンに連れられ、訓練場から競技場、学舎や宿舎などを巡っていく。中央ニケ学園の敷地は、案内してもらうのが申し訳ないほど広大である。

「そしてこの先に行くと、部活棟や食堂などがあるエリアに入ります」

「どこも綺麗《きれい》だな。備え付けられている設備も最新鋭のものばかりだ」

「それだけ三大プロダクションが、私たちに期待しているということです」

運動場にて部活動に励むニケたちを見ながら、私たちは次のエリアを目指す。エンカウンターで日々汗を流す彼女たちにとって、他の競技は別腹なのだろう。

感心しながら彼女たちを眺めていると、ふとマリアンが、思い出したように言う。

「指揮官。このニケ学園では、想像だにしない事態が多々発生します。なので常に周囲に注意して生活することをおすすめします」

「うん？」

なんだか抽象的で不穏な注意喚起である。

「というと、どのようなことが起きるんだ？」

「何の前触れもなく実験室や調理室で爆発が発生したり、どこからともなくレーザービームが放たれたりして、突如《とつじょ》として建物が崩壊するのです」

「…………」

こんな優等生でも冗談を言うのだな。そう思って微笑《ほほえ》んでみせるも、マリアンは至って真剣な表情。えも言われぬ緊張感が走る。

「えっと、冗談……？」

「冗談ではありません。この学園で生活していれば、いずれ分かることです」

「なぜそんなことが？」

「この学園に在籍しているニケは、良くも悪くも向上心が高く、個性的な人が多いです。また部活動も盛んです。そのせいでしょう、そういった事件が起きるのは」

なぜ向上心が高く部活動が盛んだと、爆発事件が発生するのか。

心からの疑問が口をつきそうになったが、複雑な事情がありそうなのでこの場では控えた。

つまりはこの学園は、これまでの日常ではありえない事態が起きてもおかしくない場所、ということだ。

「危な——い！　避けて————っ！」

不意に運動場の方から声が飛ぶ。

見ればサッカーボールが、マリアンへ向かい飛来してきた。

「きゃっ……」

短い悲鳴を上げるマリアンの眼前へ、とっさに私は腕を伸ばした。サッカーボールは私の二の腕に直撃。跳ね返ったボールが地面に転がる。

「あ、ありがとうございます、指揮官……！」

「ああ、ビックリしたな」

マリアンは持っていたハンドガンをホルスターに戻すと、私の腕を優しくさする。

「腕は、大丈夫ですか？」

「この程度、なんてことはない」

ボールを運動場の方へ蹴り返し、こちらは問題ないとの意図で手を振ると、サッカー部らしき少女たちは何度も頭を下げていた。

一連の流れを見つめていたマリアンは、ほんのり頬を染めながら微笑んでいた。

「ところで、マリアン」

「はい、なんですか？」

「なぜハンドガンを構えていたんだ？」

というか、いつホルスターから抜いたのか。あまりにも自然に構えていたせいで、つい流しそうになってしまった。

「あ、はい。つい癖で」

「癖……」

「飛来物を撃ち落とす訓練と酷似《こくじ》した状況だったため、身体《からだ》が自然に反応してしまいました」

「そうか……」

たった今、確定した。マリアンは非常に優秀なニケである。

きっと私が庇《かば》わなくとも、マリアンは飛来したサッカーボールを撃ち落としていただろう。

無意味なことをしたかもしれないが、ボールを破壊せずに済んだだけ良しとしよう。

改めて、恐ろしい場所に来てしまったものだ。

「危な――い！　避けて――っ！」

またも、運動場の方から声が飛ぶ。

見れば小型ドローンが、マリアンへ向かい飛来してきた。

「きゃっ……」

短い悲鳴を上げるマリアンの眼前へ、とっさに私は腕を伸ばした。するとドローンは私の二の腕に直撃。フラフラと地面に墜落《ついらく》した。

「あ、ありがとうございます、指揮官……！」

「ああ。故障して制御が利《き》かなくなったようだな」

「大丈夫ですか？　腕を切ったりは……」

「問題ない。だからハンドガンをしまってくれ」

ドローンを見定めハンドガンを構えたマリアンの目は、完全に捕食者のそれであった。

「申し訳ございません、癖で。飛行型ラプチャーによく似ていたので……」

「いいのだが、日常生活で支障はないのか、その癖は」

「大丈夫です。弾はすべてゴム弾ですので」

「いや、そういうことでなく」

誤射を心配したわけではないのだが。

「危な――い！　避けて――――っ！」

またも、運動場の方から声が飛ぶ。

見れば手榴弾《しゅりゅうだん》が、マリアンへ向かい飛来してきた。

「避けてどうにかなる代物ではないっっ！」

「きゃっ、指揮官!?」

私はとっさに、マリアンに覆いかぶさるようにして倒れ込む。

刹那《せつな》、手榴弾が地面に落ちると同時に破裂……と思いきや、大量の煙が吹き出した。

「ゲホゲホっ……なんだ、発煙弾だったか」

ならばこんな大げさにマリアンを庇う必要もなかった。

安全を確認したところで私は起き上がり、マリアンの顔色をうかがう。

「すまない、マリアン。押し倒してしまい……ええっ!?」

その光景に、血の気が引いた。マリアンが鼻から大量に流血しているのだ。煙が立ち込める中でも、鮮血の赤はハッキリと見えた。

「ど、どうした!? 鼻を打ってしまったのか!?」

「い、いえ、そういうわけではありません」

「ならなぜそんなに鼻血が……!?」

「それは、その……殿方とこれほど密着するような機会がなく……ましてや抱きしめられるなんて事態に陥れば、こうなるのも必然と言えるでしょう」

「必然なのか……?」

マリアンは鼻血をダラダラ流しながら、頬を染めながらも、真摯《しんし》な表情を貫き続けている。瞳はむしろギラついているように見えた。

何にせよ、綺麗《きれい》な顔に傷をつけたわけではないようなので一安心だ。と思いきや……。

「マリアン、こめかみからも血が……」

「え、本当ですか……痛っ」

マリアンは自らの右側頭部に触れると、途端に顔を歪《ゆが》めた。どうやらそちらは、私が押し倒した拍子に切ってしまったらしい。

「大丈夫か、マリアン」

「かすり傷です。私の不注意で、申し訳ございません」

「いや、私の責任だ。とりあえず止血しないと……」

「それならば私の鞄《かばん》に、ガーゼとネット包帯があります。鞄はどこに……」

煙のせいで周囲が見えづらく、手探りでマリアンの鞄を探す。

「む、見つけたぞ」

「ありがとうございます。ではこちらに……」

「いや、ガーゼとネット包帯は私が用意しておく。マリアンはそこの水道で傷口を洗うんだ」

幸い近くに水道があった。そこでマリアンがハンカチを濡《ぬ》らして傷口に当てている間に、私はマリアンの鞄からガーゼとネット包帯を取り出す。煙で見えにくいが、手触りで判別した。

「よし、では傷口をこちらに向けるんだ」

「え、そんな、指揮官が巻いてくださらなくても私が……」

「いいから、じっとしているんだ」

指揮官とニケは、厳格な間柄が基本。まさに軍隊の上官と一兵士といった上下関係が理想とされるらしい。きっと他の指揮官は、ニケの手当てなどしないのだろう。

しかしそれは、私の望む指揮官像とは違う。

「ふふ、指揮官はお優しいのですね。分かりました」

笑みをこぼしたマリアンは、言われた通り目を瞑《つぶ》ってじっとする。その光景に少しドキッとしてしまった。

マリアンの右側頭部に優しくガーゼを当てて、テープで留めて、ネット包帯でカバーする。いまだ煙が立ち込める中、スムーズに処置することができた。

「よし、これでいいだろう」

「ありがとうございます……ん？」

「どうした？」

「いえ……気のせいでしょうか、ネット包帯にしては、締め付けが強く……」

「そうか？　もしかしたら何か別のもので……なっ⁉」

煙が晴れてきたところで、私はとんでもないミスに気づく。

ネット包帯だと思ってマリアンに被《かぶ》せていたのは、女性もののパンツだった。

喫驚《きっきょう》する私に首を傾《かし》げたマリアンは、校舎の窓に映る自分の姿を確認すると、「えっ……」と言葉を失う。

驚くのも無理はない。頭にパンツを被り、あまつさえ鼻から血を流しているのだから。

「なぜ、パンツを……」

「違うんだ、マリアン！」

「まさか指揮官には……女性の頭にパンツを被せる趣味が⁉」

「もっと違う！」

まずどんな趣味なんだ、それは。

「承知しました。指揮官が求めるのなら、私はっ……うぅ……」

勘違いしたまま突き進もうとしたところで、不意にマリアンはふらっと頭を揺らす。

「どうした⁉」

「す、すみません、めまいが……」

どうやら血を流しすぎたらしい。おそらく側頭部ではなく、鼻からの方が多量だ。パンツを被った自分の姿を見てからの方が、なぜか勢いよく流れていたほどだ。

マリアンは力なく私にもたれかかる。

庇《かば》って抱きしめる腕の中で、マリアンのか細い声が聞こえる。

「し、指揮官……」

「マリアン、しっかりしろ！」

「お好きなパンツの種類などあれば、言っていただければ……」

「頼むからしっかりしてくれ！　おかしなことを言っていると自覚してくれ！」

「何？　この状況？」

不意に、活発そうな声が聞こえた。見れば煙の中から三つの人影が、こちらへやってくる。

「発煙弾の誤射による怪我人《けがにん》を発見しました」

「この煙の臭い、火力を感じますねぇ！　火力火力ぅ！」

冷静な声と、何かに取り憑《つ》かれたような叫び声が交錯《こうさく》する。

「お怪我《けが》はありませんか」

長い髪の子が淡々と尋ねる。どうやら助けに来てくれたようだ。私は落ち着いて報告する。

「私は問題ない。それよりマリアンが……右側頭部に傷を負ったようだ」

するとボブカットの子とメガネの子が、倒れ込むマリアンに同情の視線を送る。

「あちゃー、マリアンも不運だねぇ」

「それより、なんで彼女はパンツを頭に被《かぶ》っているんですかね？」

「本当だ。あの優等生のマリアンが、どうしちゃったの」

「額の辺りに血が滲《にじ》んでいますね。ネットの代わりに使っているのでしょうか」

「そんなわけないでしょ。変態じゃないんだから」

「パンツを被って鼻血を垂れ流すその姿は、まさしく変態のようですけどねぇ」

まずい場面を見られてしまった。いや、それどころではない。

「救護班を呼んでくれるか？　どうやら血を流しすぎたらしい。頭を打った可能性も……」

「もうすぐ来ます。念のため声をかけ続けた方がいいかと」

長い髪の子に促され、私はマリアンに語りかける。

「マリアン、大丈夫か」

「指揮官、お怪我は……？」

「私はなんともない。大丈夫だ」

マリアンは自らの頭に触れながら、変わらぬ優しい微笑《ほほえ》みを湛《たた》えて、告げた。

「指揮官……」

「なんだ？」

「パンツ……嬉《うれ》しかった……です……」

「喜ぶんじゃないっ！」

その言葉を最後に、マリアンは救護班によって搬送されていく。

私は走り去っていく救護車を見送り、しばし立ち尽くしていた。

「パンツを頭に被らせて、何を感傷的になってるのかしら」

「しっ！　優しく見守りましょう。傍《はた》から見たら変態的であっても、ふたりにとってはきっと感動的な何かだったのです」

これが私の、ニケ学園での初日の出来事であった。

第一話　カウンターズ

「そうですか、良かった……」

「ああ。精密検査の結果、マリアンには特に異常は見られなかった。右側頭部の外傷も、残り続けるようなものではない。念のため経過観察とはなるが、すぐに復帰できるだろう」

中央ニケ学園の副校長・アンダーソンの報告を聞き、私は安堵《あんど》する。

昨日の発煙弾の騒動でマリアンは、念のため病院へ搬送された。

しかし、どうやらもう心配はいらないらしい。

「災難だったな。まさか赴任初日にあのようなアクシデントに見舞われるとは。ニケらによるエンカウンターの実戦形式の訓練中に、発煙弾があらぬ方向へと飛んでしまったらしい。再発防止に努めるが、少なくともマリアンと君に大事がなくて良かった」

アンダーソンは抑制の利《き》いた声で語る。重厚で風格のある彼は、軍隊ならば将官クラスと言えるほどの雰囲気がある。一方で、現役とも思える引き締まった体躯《たいく》をしていた。

「そういえば、学園内では君のことが少し話題になっているらしい」

「話題、とは？」

「赴任初日からニケを病院送りにした暴君、あるいは一目見ただけで鼻血が吹き出すほどの超絶イケメンなど、噂《うわさ》は多岐にわたる」

どうやら、だいぶ噂が一人歩きしているらしい。それも、あらゆる方向へと。

人の口に戸は立てられない。変に騒ぐことで余計な誤情報が追加される恐れもある。よってしばらくは、静観しておくのが無難だろう。

「ああ、それと……ニケの頭に女性ものの下着を被《かぶ》せた変態、というのもあったな」

「…………」

マズいな。その噂だけは何としても食い止めねば。

いかんせん問題は、それが事実だということ。なんとか誤解を解かねばならない。

「それはさておき、早速明日から君には、とあるニケたちの指揮をしてもらう」

さらっと重要そうな話題へと入るアンダーソンである。

「ニケたち、というと複数人の指揮ですか？」

「ああ。基本的にこの学園では、ニケは複数人でチームを組んで、訓練のみならず生活も共にしている。そのひとつのチームの指揮を、君に任せる」

しかして、私の新たな配属先は――。

＊＊＊

「で、ニケの頭にパンツを被せる変態が、私たちの新たな指揮官ってわけ？」

チームの居室に入ると、開口一番、的確に恥部を突かれた。

これが、私の新たな仲間たちである。

「アニス」

言葉短く制する、この長い髪の少女はラピ。

常に冷静で、表情の変化には乏《とぼ》しい。チームを締める役割のようだ。

「だってさー、学園では飛躍しすぎな噂《うわさ》として、半分冗談みたいな感じで広まってるけど……

私たちは実際に見たじゃない。マリアンが鼻血を流しながら頭にパンツを被《かぶ》ってるところ」

冒頭から私を変態認定する、このボブカットの少女はアニス。

ラピとは正反対で、表情豊か。思ったことが口にも顔にも出るタイプだと見受けられる。

「ええ、私も見ました。はっきりくっきりと、パンツ・オン・マリアン」

独特な表現でアニスに同調する、この眼鏡の少女はネオン。

真面目か天然か、現段階では判断し難《にく》い。一筋縄ではいかないのは間違いないだろう。

彼女らは発煙弾の騒動にて、助けに来てくれた三人組だ。

チーム名は『カウンターズ』。彼女らの指揮官に、私が任命されたのだ。

「その件は誤解だ。小さなミスが生んだ大きな悲劇だ。私は決して変態ではない」

「小さなミスって、どんなの?」

「煙のせいでよく見えず、ネット包帯と間違えてパンツを被せてしまったんだ」

「どんな言い訳なのよ。そんなの手触りで分かるでしょ」

「いやですが、仮にマリアンがネット包帯のようなパンツを持ち歩いているのであれば、そう勘違いしてもおかしくありませんよ」

「ネット包帯みたいなパンツってどんなのよ！」

「なんかこうスケスケの……やりますねマリアン！」

「失礼すぎる妄想を膨らませるな！　仮にそうだとして、なんで初対面の人間がそんなパンツの存在を認知してるのよ！」

「確かにそうです！　ではやはり彼は変態かもしれません！」

「私は変態ではない」

堂々巡りである。アニスは私を変態と決めつけて疑わず、ネオンはやはり天然。そしてラピはそんな私たちの不毛な議論を涼しい表情で見つめていた。

これは、先が思いやられるというものだ。

「まぁいいわよ、変態でも。別に指揮官様と仲良くなる必要なんてないんだし」

様付けに皮肉を感じる。アニスはニヒルな顔で続けた。

「ニケと指揮官は互いの功績を上げるため、利用し合う関係。無知でも変態でも、最低限仕事をしてくれれば構わないわ」

「………………」

ラピやネオンが異を唱える素振りも見せないところを見るに、やはりニケと指揮官の関係はそのような認識がスタンダードなのだろう。

「その代わり、この居室から私たちの私物がなくなったら、真っ先に疑うからね！」

「ああ、それは困ります。できれば絶対やめてくださいね」

学園からカウンターズに与えられた居室には、椅子やテーブルの他に彼女らの私物らしき服や化粧品や漫画本などが乱雑に置いてある。いかにも女子学生の部室といった雰囲気だ。

しかしその一角には、スナイパーライフルやロケットランチャーなどのエンカウンター用の銃器が並べられている。部室として見れば異様な光景である。

「アニス、ネオン。いい加減にしなさい。顔合わせの時点で余計な火種を作らないで」

ラピは一貫してクールに振る舞っている。その注意にアニスは憮然《ぶぜん》としながらも「はーい」と軽い口調で返事した。

本当に助かる。ラピがいなければ、私たちは初日で空中分解していたかもしれない。

そうして私たちは、チームとして初となる訓練へと向かった。


「はーっ……はーっ……しんどーい！」

「叫ぶと余計にツラくなるわよ」

「ですが叫ぶことで気合も入りますよ！　さあ一緒に、火力火力ぅ！」

「叫ばないわよ！　もー、足も腕もパンパンだってのに……あと何周ー!?」

「残り三周だ。ラピの言う通り、しゃべらない方が楽だぞ」

このアーク及び中央ニケ学園には、将来のプロエンカウンタープレイヤーにとって最上級な育成環境が整っている。

それはひとえに、一人でも多くの生徒を、世界に誇れるプレイヤーにするため。

それゆえカリキュラムも決して甘くはない。入学して一週間で逃げ出すニケも珍しくはないという。

午前中に座学を終えたカウンターズは、九十分の筋力トレーニングを終え、現在は基礎体力の向上を目的としたランニングの真っ最中。ラピとアニスとネオンの三人は、快晴の空の下、グラウンドをひたすら走っていた。

ラプチャーを相手に華麗に立ち回って、世界の観客を沸かせるプロのニケになるためには、こういった地道なトレーニングも肝要なのである。

「もー毎日毎日、馬みたいに走らせてさ！　私はプロのニケになりたいのであって、競走馬になりたいわけじゃないんだけど！」

「プロになれば一日に何ゲームもするのだから、持久力は重要でしょう。そのためのスタミナ作りよ」

「そうですよ。日々鍛えなければ、持久力は低下する一方です。私たちはサイボーグでなく、人間なのですから」

「そんな当たり前のこと、言われなくても分かってるわよ！」

「そんなにツラいなら、お胸についてる二つの巨大なエトセトラを取り外せばいいのでは？

一歩踏み出すたび大暴れしていますよ、アニス」

「ちょ、ちょっとネオン！　男がいるのにそんな話っ……！」

不意に、前方を通り過ぎるアニスから視線を向けられる。それがタイミング悪く、あくびを
噛《か》み殺している瞬間だった。

アニスはクワッと目を剝《む》くと、私に身体《からだ》を向け、後ろ向きでランニングしながら糾弾《きゅうだん》する。

「ちょっとあんた！　今あくびしてたでしょ！　私たちが必死に走ってる時に！」

「す、すまない」

「そりゃつまんないでしょうね！　ニケがひたすらグルグル走ってるところなんてさ！　なん
たって私たちもつまんないからね！」

「後ろ向きで走るとは器用ですねぇアニス。これは私も負けていられませんねっ！」

「マネしなくていいから、ネオン。アニスはちゃんと前を向いて走りなさい」

ラピになだめられたアニスは、「本当にあれが指揮官で大丈夫かしら」などと言いながら、
前を向き直してラストスパートをかけるのだった。

そうして無事に三人ともランニングを終えた。アニスとネオンはもちろん、ラピさえも苦悶《くもん》
の表情を浮かべているあたり、やはりこのメニューは過酷なのだ。

ニケのプロを目指すには、これほどの訓練を日々こなす必要があるのだろう。

「アニス。走り切ってすぐ立ち止まると、心臓に負担がかかる。少し歩くんだ」

「わ、わかってるっ、わよっ……」

アニスはもう私を睨《にら》むことさえできない。かろうじて強気な口調は保っていた。

「はぁ、はぁ……汗が出尽くして、全身がカラッカラですっ……」

「そうね……指揮官、水分補給のため、一時グラウンドから離脱してもよろしいでしょうか?」

「いや、その必要はない」

こう答えると、ラピは少し表情を曇らせたのち、唇をつぐんで言葉を呑《の》み込む。ネオンは「そんなぁ～」とあからさまに落胆。ただアニスは怒りを露《あら》わにする。

「ちょっと飲み物を買いに行くくらい、いいじゃない！　そんな厳しくしなくてもっ……」

「いや、そういうことじゃない。ほら」

「じゃあどういうことっ……ん?」

私はクーラーボックスを目の前に置くと、三人は一斉に首を傾《かし》げた。

「すでに用意しておいた。好きに飲んでくれ」

「わぁ、飲み物が入ってますよ！　しかも冷たい！」

「これは……指揮官が用意してくださったのですか?」

「ああ。体を冷やすのが嫌なら、常温のものもあるが」

「いえ！　冷たいのがいいです！」

そう言ってネオンはいの一番にクーラーボックスから、スポーツドリンクを取り出す。青空の下、汗を滴《したた》らせながら喉を鳴らして飲むその姿は、まるでテレビのコマーシャルのようだ。

「あ、炭酸水もある！」

アニスはそのペットボトルのラベルを見た途端、表情を晴れさせる。

「ふん、気がきくじゃない。ひとまずあくびしてた件は、許してあげるわ」

「ああ、すまなかった。少し寝不足だったのだ」

「ぷはーっ、生き返りました！　このスポドリ美味《おい》しいですよね！　ナイスチョイスです！」

「…………」

アニスの持つ炭酸水とネオンの持つスポーツドリンク、そしてクーラーボックスに残されたミネラルウォーターを見比べたのち、ラピは私の前に立つ。

「指揮官、なぜ私たちの好みのドリンクをご存知なのですか？」

「え……あ、本当だ！」

「そういえばこの三つ、私たちが訓練後によく飲んでいるドリンクですね。まさか指揮官……エスパーなのですか⁉」

「どうしてそんな発想になる。前指揮官やフィジカルコーチ、栄養士などに聞いたんだ」

まぁ前指揮官は知らなかったようだが。

「皆さん、よく見てくれているのですねぇ」

「それより、なんでわざわざ私たちのドリンクの好みなんて聞いてきたの？」

「君たちのニケとしての特性や得意不得意などを知るためのヒアリングだ。その際、食べ物や飲み物の嗜好《しこう》なども聞いておいた」

「確か指揮官がカウンターズへの配属が通達されたのは、昨日だとお聞きしましたが」

「えっ⁉ じゃあ昨日のうちに聞いて回ったということですか⁉」

頷《うなず》くと、三人とも呆気《あっけ》にとられたような表情。そこまで意外な行動なのか。

「まさか寝不足の理由は、そのため……？」

ラピの問いには、否定も肯定もせず目を逸《そ》らす他ない。

するとネオンが声を弾ませて私を見つめてきた。

「そんなにも私たちのことを調べてくださるなんて、嬉《うれ》しいです！」

「指揮官として当然のことだ」

「いえっ！ 今までの指揮官は、そんなことしてくださらなかったので！ 指揮官は指揮官を超えた指揮官、つまりは師匠です！ 師匠と呼ばせてください！」

「どうしてそうなる」

ニケにとって指揮官は絶対的な存在。指揮官の言うことがすべて。指揮官に絶対服従。

リアルな軍隊のような上下関係をモチーフとしているからこそなのだろうが、それが理想とされているエンカウンター界を、私は好ましく思わない。

「エンカウンターにおいて私は、ニケと指揮官は対等であるべきだと考える」

「「「っ!?」」」

「当然、戦場において統率の役回りを担う私たち指揮官の命令は、優先されるべきではある。しかし、それは絶対ではない。同じ戦場で戦う仲間として、心の深い部分では通じ合っている必要がある。ゆえに、常日頃から同じ目線に立つべきと考えている」

私の論述に、三人は小さくない衝撃を受けているようだった。

だがアニスは、まるでそれを拒絶するように、私を嘲笑《あざわら》ってみせた。

「そうやって私たちに気に入られようとして、点数を稼ぎたいんでしょ？　少しでも良いプロチームと契約できるように」

「そんなことはない」

「どうだか」

そう言ってアニスはその場からスタスタと去っていく。

捻《ひね》くれている、というより騙《だま》されるのが怖いといった雰囲気を、彼女から感じた。

するとその予想は的中したようで、ネオンがフォローする。

「アニスはずっと、指揮官ガチャのハズレを引き続けているニケ人生ですからねぇ」

「指揮官ガチャ？」

聞き慣れない言葉に首を傾《かし》げると、ラピが補足する。

「指揮官の善《よ》し悪《あ》しを巡る俗語です。アニスがこれまで下についてきた方々が、どなたも折り合いが悪い指揮官だったようで。彼女の主観の話ですが」

遠回しに言っているが、要は今までアニスを指揮してきた者は皆が、高圧的だったり理不尽だったりした、ということだろう。

刻み込まれた指揮官への偏見を緩和させるのには、少し骨が折れそうだ。

「把握《はあく》した。ただしラピ、ひとつ認識を改めてくれ」

「はい？」

「ニケは指揮官の下につくのではない。共に戦う仲間なんだ」

「……承知いたしました、指揮官」

基礎体力トレーニングを終えた後、本日最後のメニューは演習だ。

私とカウンターズの三人は、演習用の訓練場が常設されている学園内のタワーへと入っていく。午後からひたすら身体《からだ》をいじめ抜いた後だが、三人の足取りは意外にも軽い。

「演習は別腹ですからね！」

「毎日、ご飯と演習が楽しみで生きてるみたいなもんよね」

地道な訓練よりも実戦の方が楽しいというのは、どの競技でも同じらしい。

「やっぱ私たちニケは、銃を撃ってナンボなわけですよ！　火力がすべてなのです！」

「張り切りすぎて周りが見えなくなる、なんてことないようにね。前の演習でも……え？」

ラピの言葉が不自然なところで途切れる。見ればラピは、驚いた表情で固まっていた。

その視線の先を辿《たど》ると、自然と背筋が伸びた。

訓練場のオペレーションルームに、ひとりの女性が立っている。

「あれ？　イングリッドさん？」

ネオンは目を細め、一度眼鏡を拭き、再度かけ直してなお目を細める。その行動がおかしく見えないほど、そこにいるのが珍しい人物なのだ。

イングリッド。学園都市アークを運営しているニケプロダクション三大企業の一社である、エリシオンの最高経営責任者だ。高身長で、居丈高とした雰囲気のある女性だ。

「ラピ、ネオン、それにアニスと言ったな」

「はい。イングリッドさんは、なぜこちらに……？」

「これから戦闘力テストだろう？　その様子を、拝見させてもらおうと思ってな」

「えっ……？」

ラピが困惑するのも無理はない。

エリシオン所属のニケは、カウンターズにはラピとネオンのふたりいる。そういう意味ではイングリッドがこのチームに注目しても不思議ではない。

とはいえまだ強豪とは言えないカウンターズの演習を、ＣＥＯ自らがわざわざ視察に来るだろうか。しかもアポなしでなんて。

ふと、イングリッドの視線が私に向く。

その鋭利な目と、どこか懐疑的な表情に、私は身構える。

「そしてお前が、最近やってきた新人指揮官か」

「はい。本日よりカウンターズの指揮を……」

「マリアンが、世話になったな」

「ッ!?」

その名前を聞いた途端、私は喫驚《きっきょう》すると同時に、点と点が繋《つな》がったような感覚を得た。

そうだ。マリアンもまた、エリシオン所属だった。

「あれは不運な事故だったな。マリアンに大事がなくて良かった。なにせ彼女は、エリシオンの未来の稼《かせ》ぎ頭《がしら》と言ってもいいほど、優秀なニケだからな」

「………」

「発煙弾の誤射は仕方がない。当該ニケたちにも注意を促した。二度とあのようなことがないようにと、エリシオンCEOとして願っている。お前もそうだろう?」

イングリッドは私に意味深な視線を向ける。その言葉にラピとアニスは息を呑《の》んだ。ネオンだけは「わぁ～、CEOは優しいですねぇ」と呑気《のんき》に笑っていた。

昨日の、副校長のアンダーソンとの会話の記憶が頭をよぎる。

『学園内では、君のことが少し話題になっているらしい』

『話題、とは？』

『赴任初日からニケを病院送りにした暴君、あるいは一目見ただけで鼻血が吹き出すほどの超絶イケメンなど、噂《うわさ》は多岐にわたる』

私に関する噂が、一体どのような形でイングリッドの耳に届いたのかは分からない。

ただおそらくそれは、私にとって不利益で不名誉なものだったに違いない。

イングリッドは、マリアンを傷つけた可能性のある私を視察に来たのだ。

「さあ、準備はできたらしい」

イングリッドは腕を組み、見定めるような視線を私に向けた。

「諸君の、タクティカルな動きを期待している」


カウンターズ三人との、初めての演習は始まった。

前方のラプチャーの大群に効果的な不意打ちをかけるため、私たちは瓦礫《がれき》に身を隠しながら慎重に前進する。

「ここでまた私たちがケガしたら、指揮官様はどこへ飛ばされちゃうのかしらね」

アニスはクスクスと笑いながら呟《つぶや》く。

「アニス……」

「緊張感を持ってアニス。実戦よ」

ラピが私の言葉を遮って注意するも、アニスは悪びれず「へへ」と笑う。

先日のマリアンの件は不運な事故によるもので、私が彼女を病院送りにしたなど、否定するのも腹立たしい根も葉もない噂だ。

それをあの現場に居合わせたカウンターズは知っているはず……と言いたいところだが。

「私たちが現場に着いた時にはもう、マリアンは流血してたしねぇ。少なくとも、マリアンにパンツを被《かぶ》せていたのは本当だし」

「………」

「いい加減にしてアニス。集中」

「はーい。エリシオンのCEO様の前だから、張り切らないとねー」

「はい！　張り切りましょう！　良いところを見せれば、ボーナスとして何か美味《おい》しいものを恵んでくれるかもしれませんよ！」

ネオンはまた別の意味で緊張感がないが、無害そうなので放っておく。

「余計なことを考える必要はない。無用なことに思考を割《さ》くな、アニス」

私がひとつ弁ずると、アニスは口をへの字に曲げる。

「何それ。今度はうまく言い訳するってこと?」

「違う。君たちがケガをすることはない、ということだ」

「……へー、すごい自信ね」

ラピがハンドサインを送る。態勢は整ったとのこと。

「行動開始！　前線、進め！」

私が攻勢の合図を送ると、三人は一斉に立ち上がった。ラピとネオンは素早くラプチャーの大群へ銃撃を開始。と同時にラプチャーの大群もこちらを認識。

両者による銃撃砲撃の雨が、フィールドに轟音《ごうおん》を響かせる。

「動きが素早い個体は急所を狙うのでなく、右翼側へ寄るように誘導するんだ」

「右翼側ですか？」

「そうだ。できるだけラプチャーを密集させろ」

「なるほど、理解しました」

「あまり理解できてないですけど、了解です！」

ラピとネオンはそれぞれ銃撃でラプチャーを右翼側へ誘導していく。

十分に敵が密集した瞬間、叫ぶ。

「アニス！」

「待ってました！」

アニスが放つロケットランチャーの砲弾は、密集するラプチャーの中央付近に放たれ、ドミノ倒しになっていく。

「やった、一網打尽《いちもうだじん》ね！」

「あーなるほど、これがやりたかったんですね師匠」

ラピは倒し損じたラプチャーを狙撃しつつ、振り向いて私を見つめると、小さく頷《うなず》いた。

「指揮官、次は!?」

「延翼《えんよく》！　倒したラプチャーの山を遮蔽物《しゃへいぶつ》に、残りを片付けるぞ！」

「了解です！」

その後もアニスは一際大きなラプチャーをロケットランチャーで撃破し続け、ラピとネオンも無駄なく一体一体倒し続けている。

スムーズな連携や事前の好配置もあり、現状こちらが優勢。このままいけば残り一分ほどで状況終了となる。

刹那《せつな》――私だけがそのラプチャーを確認した。

「アニスッ！」

「えっ……」

二十一時の方角に、潜伏中のラプチャー。気づいた時にはアニスに銃弾を放っていた。

考えるよりも早く、ではなく、考えた上で私の身体《からだ》は動いた。

「ぐうっ……！」

アニスを庇《かば》って一発の銃撃を肩に受ける。それにはアニスも目を見開く。

「な……!?」

「潜伏中のラプチャー確認！」

「私が対応します！　アタックっ！」

ネオンが放ったショットガンにとって、潜伏ラプチャーの撃退を確認した。

改めて前方の大群を相手にしながら、アニスが叫ぶ。

「何やってんのバカなの!?　ニケの身代わりになるなんて！」

「し、仕方なかった……」

「……はっ、そうまでして点数稼ぎたいの？　イングリッドの前だからって……」

「違う。合理的な判断だ。アニスと私、この状況で倒れるわけにはいかないのは前者だ」

「……まぁ、そうね」

「見誤るな、アニス。最優先はカウンターズの勝利だ」

一瞬、ラピとアニスとネオンの三人が同時に、私を見る。そしてすぐに向き直った。

「ニケはラプチャーを討つ。指揮官はより安全で確実な勝利を目指して指揮をする。それぞれが果たすべき役割を遂行《すいこう》するのみであり、この場に上下関係や損得勘定は不要だ」

「………」

「少なくともフィールドにおいて、私は仲間だ。それだけは信じてくれ、三人とも」

三人は目線をラプチャーに向けたまま。聞こえていたのかいないのかも分からない。

まず反応したのはラピとネオンだ。

「承知しました、指揮官」

「やっぱり師匠は師匠ですね！」

あくまで冷静に返答するラピと、声を弾ませるネオン。

そしてアニスはというと、もう一度チラリとこちらに顔を向ける。

それは、初めて見る柔らかな笑顔だった。

「分かったわよ。そこまでされて、信じないほど人間不信じゃないから」

「よし。残りわずかだ、最後の一体まで気を抜くな！」

「「「ラジャーっ！」」」

三つの声が重なると、一層こちらの銃撃音が際立って聞こえた。

ふと、フィールドの上部、強化ガラスを隔てた観覧席にイングリッドの姿が見えた。

「…………」

遠くてハッキリとは認識できないが、微《かす》かな笑みを浮かべているように、私には見えた。

「オールクリア、状況終了」

ラピが告げると同時に、フィールド内が黄昏時《たそがれどき》の薄暗さから一変、煌々《こうこう》とした白い光に包まれる。無事に演習が終了した。

「いやーなかなか良かったんじゃないですか？　師匠の的確な指揮のおかげで、今まで以上にスムーズに殲滅《せんめつ》できて……」

「そんなことより治療よ！」

「はっ、そうでした！　師匠、ラプチャーの銃撃で肩をブチ抜かれていました！」

「ブチ抜かれてはいない……っ！」

「師匠が死傷して……はっ、いけません！　予期せぬダジャレが！」

「死傷していない……っ！」

「律儀《りちぎ》にツッコまなくていいから！」

前述の通り、エンカウンターは興行なので、ラプチャーの銃撃で死傷することはない。それでも直撃すれば、普通に痛い。受けた箇所によっては立ち上がれないほどに。

「ほら、上まで運ぶから、肩を貸すよ指揮官様」

「必要ない……」

「足が震えてるじゃない。意地はってんじゃないわよ」

そう言ってアニスは半ば無理やり、私に肩を貸す。

「あっ、良い光景です！　私も交ざりたいです！　師匠、こっちの肩は私が持ちますよ！」

「いやいい……いだだだ」

「おバカ！　そっちは負傷した方の肩でしょうが！」

「そうでした！　ごめんなさい師匠！」

「いいから、早く医務室へ」

ラピが先導し、アニスが私に肩を貸して運び、ネオンが隣で私を謎に励まし続ける。

指揮官としては情けない光景かもしれない。だが……。

「嫌なこといっぱい言って、悪かったわね、指揮官様」

「気にしていない」

「そう、ありがとと。これからもよろしくね」

これこそが、私が望んでいるニケと指揮官の関係なのかもしれない。

第二話　ワードレス

中央ニケ学園に赴任して一週間ほど。

新たな環境での、新人指揮官としての生活にも慣れつつある。広い学園内においても、こうして迷わず目的地へ歩を進められているのがいい証拠だろう。

一方でいまだに慣れないこともある。

「あの男性が……本当なのかしら……」

「遠目では、あまりイケメンには見えないけど」

関わりのない学園関係者、特にニケたちからの奇異な視線である。

赴任初日の事件に関する噂《うわさ》は、収まるどころか依然として拡大の一途を辿《たど》っているようだ。

それも悪い噂の方が際立ってしまっているのは、人の世の常なのだろうか。

人の噂も七十五日。まだ七十日近くもある。

「……？」

それにしても、今日は一段と視線が痛い気がする。

ニケたちの周辺を横切ると、高確率で目が向くだけでなく、何やらコソコソ会話している。

あまり気持ちの良くない雰囲気だ。

さらに失礼な噂が追加されたのだろうか。

そうなったらまた七十五日からやり直しなのだろうか。なんと世知辛《せちがら》いことか。

とはいえそんな私にも、少なくとも三人、おそらく信頼を寄せてくれているニケがいる。

今日も私は、そんな彼女たちのいる居室をノックする。

「はーい、どうぞ師匠ー」

「あ、こらネオン！ まだ早いって！」

何やらアニスが歓迎していないそうだが、遠慮なく入室する。

扉を開けた途端、甘い香りが鼻腔《びこう》をくすぐった。見ればカウンターズの三人は、テーブルにお菓子を広げてお茶しているようだ。

「おはようございます、指揮官」

「あーあ、隠せば良かったのに。指揮官様にも食べられちゃうじゃない」

「おはよう三人とも。そのお菓子がどうしたって？」

「イングリッドさんから頂いたんですよー。クランチチョコです」

「イングリッドから？」

先日の演習を視察にきたイングリッドは、あの後は特に何を言うでもなく去っていった。ひとまず信頼してもらえたのだろうと、密《ひそ》かにホッとしていた。

そんな彼女が、わざわざこのカウンターズの居室にお菓子を贈ってくれたのだという。

「私の言った通り、演習で頑張ったからご褒美《ほうび》をくれたのですね！」

「まぁ、そういうことでしょう。いきなり視察に来たお詫《わ》びも兼ねているのかもしれない」

「エリシオンのCEO様はニケに優しいって評判よねー」

「アニスのところのCEO様も、愛情深いと聞きますよ？」

「あー……愛情の伝え方がちょっと特殊なんだけどね……ただまぁ、ミシリスのCEOと比べたら、何倍もマシだけどねー」

ミシリス。エリシオンと同じく、学園都市アークを支える三大企業のひとつだ。

そのCEOの悪評は、ニケと関わるようになってわずか一週間の、私の耳にも届いている。カウンターズにはミシリスのニケがいないので、今のところあまり関わることはないはずだ。

「さあさあ師匠も、チョコをどうぞ！」

「いや、私はいい。三人で楽しんでくれ」

「やったー！　さすが指揮官様、分かってるー！」

「ダメよアニス。四人で食べるようにとカードに記されているでしょう。それに今朝も……」

「そうですよアニスさんっ！」

ガラララッと勢いよくドアが開くと、ひとりの少女がやってきた。

突然の登場には驚きつつも、私たち四人とも彼女のことをよく知っている。代表してラピがその名を言った。

「シフティー、どうしたの」

青髪の小柄な少女シフティーは、アニスを指差して鋭い眼光で指摘する。

「アニスさんは今朝、想定摂取カロリーを二百キロほどオーバーしています！　それも甘めのコーンフレークによって！　それ以上の糖質は控えるべきです！」

「うぐっ……相変わらず細かいわね、シフティー」

「当然です！　これが私の仕事ですから！」

シフティーは胸を張る。そして高い声で「えっへんです！」と言う。

ニケ学園に在籍する大半の女子はニケである。だがシフティーは、ニケではない。

彼女はエンカウンターのアナリストである。

高度な戦術が発展の一途を辿《たど》るプロのエンカウンター界において、ニケの動きを分析したり指揮官と共に戦略を練ったりする、アナリストの存在が確立されたのはとうに昔のこと。

シフティーもまたこの学園都市アークにて、データアナリストとしての教育を受け、現在はニケ学園にて実際にニケや指揮官のサポートを行っている。

その担当チームのひとつが、カウンターズなのだ。

エンカウンターに関わるあらゆる人々が研鑽《けんさん》を積み、プロの世界を目指す場所。

それが学園都市アークであり、この中央ニケ学園なのである。

「そんなわけでアニスさんは、それ以上チョコを食べてはいけません。お昼は糖質を制限し、鶏むね肉を中心とした食事を摂《と》りましょう。先週増加した一・一キロは今週中に落とし……」

「ええい、分かったって言ってるでしょ！　残りは指揮官様にあげるわよ！」

「それもいけません！　指揮官は昨晩、夜食にカップラーメンを食べましたので、本日は食事以外の脂質も糖質も控えるべきです！」

「な、なぜそれを……」

自室で食べていたはずなのだが。

「指揮官もまたフィールドに立つ選手なのですから、良質な食事と睡眠を心がけてください」

「師匠ズルいです！　昨夜はひとりでカップラーメンパーティーだったんですね！」

「すまない、出来心だったんだ。許してくれ」

「そこまで気にやまなくても……」

ラピが私を励ましてくれる一方で、シフティーはテーブルのお菓子を回収する。

「というわけで、こちらのチョコは私が頂きます」

「ちょっと！　あなたが食べたいだけじゃないでしょうね！」

「そんなつもりはございません……もぐもぐ。私は皆様を立派なエンカウンタープレイヤーにするために……はぁ美味《おい》しいです」

「我慢できなくて食べまくってるじゃない！」

「ところで、先日の演習のデータをお持ちしましたよ」

「聞きなさいよ！」

アニスの抗議もどこ吹く風と、シフティーはもぐもぐしながらタブレットを操作して、私に掲げて見せてくれる。

「先ほど指揮官へデータをお送りしました。そちらに寸評も記載しておりますが、今ここでのブリーフィングも可能です。どうしますか？」

「ああ、では頼む」

「承知しました、指揮官」

そう言ってシフティーは、タブレットひとつで居室の照明を落とし、スクリーンを下ろし、プロジェクターにてデータを投影する。それを見てラピがポツリと呟《つぶや》く。

「相変わらず、見やすくまとまっているわ」

「仕事ができる女は違いますね！」

「もぐもぐ……ありがとうございます」

「チョコを食べながらでなければ、もっと褒《ほ》めてあげられたんだけどね」

アニスの皮肉など意に介さず、シフティーはいまだチョコをもぐもぐと食べながら、「そういえば」と私に真摯《しんし》な瞳を向ける。

「赴任初日の騒動、噂《うわさ》になっていますね指揮官」

「ああ、どんな噂を聞いたか知らないが、きっと嘘だ」

「ええ、分かっています。指揮官は暴君ではありません。ましてやイケメンでもありません」

「…………」

アニスが私の肩にポンと手を置き、笑いを堪《こら》えるような顔を見せる。何が言いたい。

「ですが注目されているのは事実ですから、しばらくは大人しく生活してくださいね」

「ああ、そうするよ」

「例の盗難事件だって、指揮官を疑う声が多いのですから」

「盗難事件?」

聞き覚えのない話に、私は首をひねる。そんな私を見てシフティーやカウンターズの三人は意外そうな表情だ。

「師匠は知らないのですか?」

「まぁ、まだ女子たちの間でしか広まってはいないからね」

「でもこのまま見つからなければ、アーク中に波及するのも時間の問題ですよ」

私の知らないところで、何やら不穏な事件が起こっているようだ。しかも私が疑われているとのこと。当然身に覚えはない。

何が起きているのか、尋ねるとシフティーが答える。

「女子寮にて、ある物が大量に盗まれたのです」

「ある物、とは?」

「それは――」

「突入ッッ!」

刹那《せつな》、扉が勢いよく開いたかと思うと、ふたりの女子が俊敏な動きで居室に乱入してきた。

しかもそれぞれ、私たちに銃を構えている。

「きゃ――――っ、な、なんなんですか！」

思わず声をあげたシフティーに、二人組の背が低い方が銃を向ける。

「あぁーいい悲鳴。でも落ち着いて、動かないで」

そんな彼女にラピは、動かず焦らず、しかし敵意を孕《はら》んだ瞳を向けて告げる。

「ユニ、やめなさい。ニケがアナリストに銃を向けるなんて、何を考えてるの」

「えへへー？　だって命令だしー。ま、そこまで言うならあなたに向けるね？」

ユニと呼ばれたそのピンク髪の少女は、ヘラヘラと笑いながら銃口をラピに向ける。

二人組のもうひとり、長身の女性にはアニスが尋ねた。

「ミハラ、何この状況？　風紀委員が二人揃《そろ》って、何かの悪戯《いたずら》？」

「風紀委員？」

「はい師匠、あの二人はこの学園の風紀委員なのです」

ミハラと呼ばれた女性は、長い黒髪をなびかせながら不気味な笑みを湛《たた》えている。

「ユニが言ったでしょ、命令だって。こんなセンスのない悪戯、するわけないでしょう？」

「センスはともかく趣味は悪いわね、悪戯であってもなくても」

ユニとミハラ。聞いたことはないが、おそらくニケだろう。

銃を持っているから、ではなく最近は、ニケかどうか一目で判別できるようになった。

常に戦いの世界に身を投じている者は醸《かも》し出す雰囲気が異なり、強い個性が言動や表情から溢《あふ》れ出ている。

ゆえに、最後に悠々と入室してきた彼女がニケでないことも、瞬時に理解した。

「はいはい、騒がないでちょうだい。私は暇じゃないの。さっさと用事を済ませないと」

その女性は、ひときわ小柄だった。小学生だと言われても疑わないだろう。

だがその態度は不遜《ふそん》極まりない。私やカウンターズを見上げながらも、精神的には見下《みくだ》しているのが見るも明らかだった。

「うわ、シュエン……」

「あら、敬語も使えないのこのニケは。まさかウチのじゃないでしょうね？」

「違いますよ。彼女は……」

「そう、残念。即刻クビを切ってしまおうと思ったのに」

シュエン。先ほど話にあった、三大企業ミシリスのＣＥＯだ。

ニケのマネジメントも学園都市アークの運営も、あくまでビジネスとしてしか見ておらず、ミシリスの利益や自身の名誉のためならば手段を選ばない。

今の言葉も冗談でなく、彼女の気まぐれでミシリスから除籍されたニケも少なくないとか。

『傲慢《ごうまん》』という言葉が辞書から飛び出してきたような人物だ。

いかにもそんな人格が気に入らなそうなアニスは、包囲されながらも食ってかかる。

「ええ、ミシリス様のニケじゃないから、あなたを敬う気にもならない。ましてやこんな意味不明な突入ごっこなんて主導された日にゃ、リスペクトの欠片《かけら》も生まれないわね」

「ああもう、うるさい小娘ね。お前も指揮官なら、ひっぱたいてでも黙らせなさい。今だけは動くことを許してあげる。ほら、早くしなさい」

「………………」

「何？　聞こえないの？」

「私は指揮官だが、彼女たちを力で管理するつもりはない」

「は？」

シュエンは私の方を向き直ると、野良犬を見るような目で私を見る。

居室がさらに緊張感に包まれる。見ればカウンターズの三人は、ハラハラとしながらこちらを見つめていた。

「何言ってんの？　指揮官がニケを躾《しつ》けないでどうするの？」

「私は彼女たちの意思を尊重した上で監督・指揮をする」

「馬鹿ね。そんなことを言っていれば、ニケに舐《な》められるわよ？　指揮官ならニケを調教し、支配しなさい。結果的にはそれはニケのためになるの」

「違う。ニケと指揮官は……」

「ユニ」

「はぁい」

不意に、ユニの持つ銃身がうなじに触れたかと思うと、強烈な力で頭を下げさせられる。

「うっ……」

「指揮官！」

「おとなしくして～」

声を上げるアニスへ、ユニが銃口を向ける。それにはアニスも引き下がる他ない。

「百歩譲って、あの小娘はミシリスのニケじゃないからいいとして……お前はその態度じゃ、いけないわよねぇ新人指揮官？」

「…………」

「私はお前の上官よりももっと上。神様みたいなものよ？　神様に口答えする気？」

「私の考えは変わらな……ぐっ」

私の言葉を待たず、シュエンは私の顔を踏む。

「身の程知らずのお調子者は、こうやってたまに踏んづけてあげないと」

「足をどけろ」

「ほう、中々反抗的じゃないの。なら私が直々に、調教してあげましょうか？」

そう言ってシュエンは足を上げた——次の瞬間。

パァンッ！

「ぎゃあっ！」

鳴り響いた銃声に、一番驚いた声を上げたのはシュエンだった。

顔を下げていた私には、今のが誰の銃で、どこへ撃たれたのかも分からない。

目を開くと、シュエンが私の目の前でパンツを丸出しにして倒れていた。

彼女が狙撃されたのかとも思ったが、どうやら違うらしい。銃声にびっくりして、その場でひっくり返っただけのようだ。

一方で、倒れているのはもうひとり。

「あっ、はぁぁ……」

ミハラである。先ほどまで余裕そうな表情を崩さなかった彼女は、なぜか今、尻を突き出して倒れている。それもプルプルと震えながら。口からは謎に恍惚《こうこつ》とした声が漏れ出ている。

「ちょっとユニ！」

ラピがユニを問い詰める。見ればユニの銃から硝煙《しょうえん》が出ていた。

ユニもまた謎に愉悦の表情を浮かべながら、ミハラの尻を撃った理由を述べる。

「ごめーん。だってミハラが、物欲しそうにお尻を揺らしてるんだもーん」

「やっぱり……時と場所を考えなさい」

「仕方ないじゃーん。シュエンが『躾《しつ》ける』とか『調教』とか言ったり、指揮官の顔を踏んづけたりしたから、ミハラも呼応しちゃったんだよー」

「ふ、ふふ……私の欲しがりムーブを見逃さないなんて、やはりあなたは最高ねユニ……！」

「うん、ユニもミハラのこと好き～。これからもいっぱい虐《いじ》めてあげるね～」

不思議なことが起きている。目の前で交わされている会話、言語は認識しているはずなのにまるで理解ができない。見ればシフティーの頭上にもハテナが咲き乱れている。

「あー、指揮官とシフティーは知らないよねぇ」

「この二人の関係、初見では誰でもびっくりしますよね。私も初めて見たときは、驚きすぎてメガネがポーンって吹っ飛んでしまいました」

カウンターズの三人は何やら把握《はあく》済みらしい。懇切丁寧《こんせつていねい》に説明してくれた。

ユニとミハラ。チーム名はワードレス。両者ともに風紀委員。

このニケふたりは、それはそれはフィーリングが合うらしい。というのもユニは究極の加虐嗜好《しこう》、ミハラは究極の被虐嗜好。ドSとドMということだ。

彼女たちはその嗜好が行き過ぎているあまり、所構わずに『プレイ』を始めるのだという。風紀委員なのに。

つまりは先ほどの発砲も、彼女たちにとっては『プレイ』の一環だったのだ。

エンカウンター用の死傷を与えない弾とはいえ、直撃すれば死ぬほど痛い。それを私は身をもって体感している。それゆえ被弾して愉悦に浸るミハラの感情は、まるで理解できない。

だが、性癖は人それぞれ。

理解できないからといって、否定や拒絶をするのはあまりに野蛮《やばん》である。

よって私は、その初めて見る現象を、こう形容するのだった。

「世の中にはいろいろな人がいるんだな」

「さすが師匠、理解が早い！」

「むしろ理解を放棄《ほうき》したようにも聞こえるけどね」

「そんなのいいから、早く誰か起こしなさいよ――っ！」

床から叫びが聞こえたと思ったら、シュエンがまだ寝転がっていた。どうやら腰を抜かして立てないらしい。そんな状態になっても居丈高でいられるのは、もはや才能だろう。

そんな彼女を、ユニがニコニコしながら無理やり起こす。

「ごめーんシュエン。よいしょっと」

「この馬鹿！　変態プレイは人目につかない場所でしなさいって、いつも言ってるでしょ！」

人目につかないところだったら良いのか。

「えーでも人に見られてるからこそ、より興奮するじゃん。ね、ミハラ」

「ええ、ユニ。それが世界の真実よ」

大きく出たな、風紀委員。

「知らないわよ！　いい加減にしないとミシリスから除籍するわよ！」

「はーい、ごめんなさーい」

「承知しましたわ」

シュエンに一喝されたワードレスは、殊勝に頭を下げながらも、両者共その表情にはいまだ快楽に酔いしれる感情の残滓《ざんし》が見られる。間違いなく、懲《こ》りていない。

そんな中、アニスが呆《あき》れながら尋ねる。

「あなたたち、わざわざミシリス三人組の変態コントを見せるために、こんな大掛かりな突入を敢行したの？」

「なるほど、そういうことだったのですね！　確かに緊張と緩和が利《き》いていますね！」

「違うわよ！　私を変態として数えないでちょうだい！」

シュエンはゴホンッと大きな咳払《せきばら》いをして話題を切り替える。

「家宅捜索よ。今からこの居室を調べさせてもらうわ」

「はぁ!?　なんでそんなっ……!?」

「決まっているでしょう。例の盗難事件の捜査よ」

盗難事件。ワードレスが押し入る前に上っていた話題だ。確か今この学園の女子寮にて、ある物が相次いで盗難に遭っているとのこと。

しかし、ある物とは一体何なのか。

「パンツよ」

「？」

「だからパ・ン・ツ！　女性用の下着！」

シュエンの顔は大真面目。ラピもアニスもネオンもシフティーも、それぞれ思い思いの表情を浮かべながら、何度も頷《うなず》いていた。

ミハラが代表して、その事件の内容を語る。

「昨晩から本日未明にかけて、女子寮に住む女性たちのパンツが大量に消えました」

「パンツが消えた……？　そんなバカな……」

「その数、約千枚」

「そんなバカなッ!?」

一夜にして千枚のパンツが消え去った。それはもう神隠しの類いではないだろうか。

「なぜそんなことが……？」

「無くなったのはすべて、ランドリールームにあったパンツでした」

「つまり洗濯後のパンツということか？」

「学園関係者のほとんどは女子だからね。数日でそれだけの枚数がランドリールームにあってもおかしくないのよ」

アニスの言う通り、この学園に通っている人物のほとんどが女子だ。そして彼女たちは皆、地元からこの学園都市アークへ移住している。ニケやアナリストの女子たちは全員が敷地内《しきちない》の女子寮に住んでいるのだ。

女子寮とは言うが、実態は十三階建てのビルだ。女子棟と言うべきだろう。なので女子寮内のランドリールームは、ひとつやふたつではないのだろう。

「防犯カメラなどで犯人は分からないのか？」

「女子寮内にはあまり防犯カメラはないの。あるのは出入り口やエレベーター内、ランドリールームはもちろん、廊下などにも設置していない。ニケのプライベートを守れ、徹底した管理は人権侵害だ、とか喚《わめ》く連中がいるからね。主にニケのファンたち。そのせいでこんな馬鹿みたいな事件が起きたじゃない」

シュエンは辟易《へきえき》した表情でため息をつく。

防犯とはいえ寮内の至る所にカメラがあれば寮生たちも落ち着かないだろう。その分、警備員は多く配置され、寮母たちによる見回りも頻繁《ひんぱん》に行われているらしいが。

「警備員や寮母は何も知らないと？」

「ええ。出入り口などの防犯カメラの映像にも、特に不審な点はなかったわ」

「そうか……ではまさか、ここにいる皆のパンツも……？」

「はい師匠！　私のパンツも一枚なくなりました！」

「私とラピのもね……シフティーは？」

「私のも一枚……アナリストフロアのランドリールームも例外ではなく……」

「私とミハラのもなくなったー」

にわかに信じがたいが、皆が口を揃《そろ》えていうのだから本当なのだろう。

一体誰が、何のためにパンツなんて盗んだのか……。

「その容疑者として、お前が挙がっているのよ」

「なっ……！」

シュエンが指を差しているのは、紛れもなく私。思わず言葉を失った。

私よりも先に抗議したのはアニスとネオンだ。

「なんでそうなるのよ。防犯カメラに映ってたわけじゃないんでしょ？」

「防犯カメラの死角を突いて侵入したんじゃない？　あるいは警備員の格好をして忍び込んだとか？」

「そんなテキトーな……」

「手段はどうあれ、疑うに値する確固たる理由が、その男にはあるでしょう？」

「なんですかそれは！　師匠はおパンツになんて興味は……」

ネオンの言葉が不自然なところで途切れる。勘付いたのだろう、私が疑われる訳に。アニスもラピも顔を引きつらせている。

「配属初日から、ニケにパンツを被《かぶ》せる奇行……私の耳にも届いているわよ？」

シュエンが意地の悪い笑顔を浮かべて私を見る。

そう。その悪評はいまだ学園内に蔓延《はびこ》っている。それゆえの容疑者なのだろう。

なるほど、今朝のあの女子たちからの視線には、そのような意味があったのか。

「学園都市アーク創設以来、最大の珍事件よ。恥ずかしいったらない。だからとっととパンツの在《あ》り処《か》を探し出して、大ごとになる前に収束させなければ」

アーク及びミシリスのブランドイメージのための強行だったようだ。実にシュエンらしい。

そこでラピが、あくまで冷静な口調でシュエンの言葉を否定する。

「それは軽率な判断では？　その噂《うわさ》と今回の事件の共通点は、女性ものの下着だけで……」

「そうです！　師匠はパンツが好きなのではありません！　ニケにパンツを被《かぶ》せるのが好きなだけなのです！」

「違う」

「ネオン、ややこしくなるから黙っていて」

ラピの主張などハナから聞く気もないのだろう。シュエンは面倒臭そうに言う。

「どちらも変態に変わりはないじゃないのよ。いっそ家宅捜索なんてすっ飛ばして、とっととしょっぴいちゃおうかしら」

「い、言っておくけど指揮官様は、噂みたいな変態じゃなく案外まとも……」

その時、シュエンが私の胸元の指揮官バッジを無理やり奪う。

「とにかく来てもらうわよ。あとは然《しか》るべき場所で話を聞かせてもらいましょ。その間、このバッジは預からせてもらうわ。まぁ永遠に返すことはないでしょうけど」

「指揮官！　そんな理不尽な……っ！」

「ししょー！　面会室で再会なんて嫌ですー！」

「滅多なこと言うんじゃない！　くっ……何か方法は……っ！」

ユニとミハラに囲まれて連行されていく私を前に、カウンターズの三人は動揺を隠せず。

しかしひとり、シフティーだけは違った。

何やら一心不乱にタブレットを操作していたかと思うと、声を上げる。

「待ってください！　指揮官は盗難事件の犯人ではありません！　ここに証拠があります！」

「……なんですって？」

シュエンが足を止め、振り返る。

その見定めるような瞳を前にしても、シフティーは真摯《しんし》な表情を崩さない。

「お前は何？　カウンターズは三人と聞いたけど」

「私はカウンターズ担当のアナリスト、シフティーと申します」

「へぇ、そう。それで証拠って？」

シフティーはタブレットを掲げて見せた。

「まずこちら、男性寮の入り口の監視カメラの映像です。寮に入っていく時間からして、指揮官は昨日は、学園での業務終了後はまっすぐ寮に帰っています」

「あ、本当ですね」

「職場と家の行き来だけなの？　つまらないわねぇ指揮官様」

なぜ突然プライベートを非難されたのか。

「そしてこちら、帰宅後の指揮官の自室ＰＣの画面キャプチャログです。ほら見てください、ずっとカウンターズのデータ分析などを行っており、電源が落ちるのはなんと午前四時！」

「え……ってことは指揮官、二～三時間くらいしか寝てないの⁉」

「いや、まぁ……三時間は寝ている」

「毎日、目の下にクマさんを飼っていると思っていたら……まさかそんなクレイジーな生活を送っていたのですか、師匠！」

「指揮官、睡眠はしっかり摂《と》ってください」

「す、すまない……」

というより、なぜシフティーは監視カメラの映像や、私の自室ＰＣの画面キャプチャログを入手できるのだろう。それはアナリストの域を超え、もはやハッカーの所業ではないか。

「ねえシフティー。ちなみに指揮官様、何かエッチなサイトを見たりは……？」

「それはありませんでした。残念です」

なぜ残念なのか。

「ですがたまに、ハムスターの動画をご覧になっていました」

「きゃー、可愛《かわい》い指揮官様ー」

「癒《いや》されたのですね師匠！　ハムスターで癒されたのですね！」

「恥ずかしいからやめてくれ……」

「そんな話はどうでも良いのよ！」

シュエンの大声に、シフティーは再び向き直る。

「これらの証拠から、指揮官が昨晩千枚ものパンツを盗むのは、不可能と断定できますっ！　たとえあらゆる監視カメラをかいくぐったとしても、です！」

「…………」

シュエンは唇を嚙《か》み、わずらわしそうな表情。そんな彼女にミハラが告げる。

「シフティーの意見は的を射ているかと。女子寮の寮生たちが起き出す時間は午前六時すぎ。男子寮からの往復も加味すると、ものの一〜二時間で盗み出すのは難しいかと。仮に単独犯であれば、一晩かけてやっとの量ですから……」

「言われなくても分かってるわよ！」

「分かってるってさ！　みなまで言うなスパンキング！」

脈絡なくユニに尻を引《ひ》っ叩《ぱた》かれると、ミハラは「はぁぁんっ！」と叫んで崩れ落ちる。人生を楽しんでいるようで何よりだ。

それはそれとして、シュエンはひとまず引き下がるようだ。

「言っておくけど、完全に疑いが晴れたわけではないわよ。別に実行犯がいたとか、ロボットをハッキングしてパンツを運ばせたとか、いろいろ考えられるんだから」

「はいはい。分かったからもう帰ったら？　ミシリスのCEO様はそんなに暇なの？」

「くっ……覚えていなさい」

そんな捨て台詞《ぜりふ》を吐き、シュエンはワードレスふたりを連れ、居室から去っていった。

「ふん。やっぱりムカつく奴《やつ》ね、シュエンってのは」

「ワードレスは、相変わらずでしたねぇ。おふたりの世界を愉《たの》しんでいました」

「それよりシフティー、さすがね」

ラピに褒《ほ》められると、シフティーは身体《からだ》をもじもじさせる。

「いえいえー、アナリストとして当然のことをしたまでです」

「いや、シフティーのおかげで助かった。ありがとう」

「えへへ、どういたしまして。これからも、サポートはお任せください」

無垢《むく》な笑顔を見せるシフティー。こんなに可愛《かわい》い顔をして、私の自室のPCをあの短時間でハッキングするとは。

何をとは言わないが、今後はいろいろと気をつけようと思った。

＊＊＊

「こんにちは〜」

「お邪魔するわね」

夕刻、何食わぬ顔で居室にやってきたユニとミハラには、カウンターズの三人とシフティーも面食らっていた。

「な、なに!?　また来たの!?」

「まだ師匠を疑っているのですか!?」

「違うよー。違わないけど、違うよー」

「どっちなのよ！」

「ミハラ、ちゃんと説明して」

「はーい。と、その前に指揮官、これ」

そう言ってミハラから渡されたのは、学園からの指令書だ。

「なんですか、それは？」

「かいつまんで言うと、盗難に遭ったパンツの捜索を、カウンターズに任せるとのことよ」

「えええっ!?」

指令書には確かにそう記してあった。

ニケ学園では仲間同士の結束を高めるため、学園側からチームへ、様々なミッションを言い渡されることがあるという。

通例ではゴミ拾いや迷子ペットの捜索など、アーク内でのボランティア活動が多い。

なのでまさか、こんな重大任務を任されるとは想定外だ。

「指令者は、アンダーソンか」

要は、私にかけられている疑いを、私自身が晴らせとのことだろう。

「すまないな、みんな。私のせいでこんなことに巻き込まれて」

「気にしていませんよ、指揮官」

「いいじゃない。ゴミ拾いとか地味なことよりも、よっぽど楽しそうなミッションだわ」

「探偵ごっこができて、師匠の疑いも晴らすことができるなんて、一石二鳥ですね！」

どうやらカウンターズのみんなは乗り気らしい。いいチームでよかった。

ただひとつ、気になることが。

「なんでワードレスが、この指令書を持ってきたんだ？」

「それは私たちも、捜査に参加するためよ」

「はぁ!?　なんで!?」

「風紀委員だから、というのは建前で……これも命令なんだもの。シュエンからの」

「あぁ、そういうことね」

ラピは辟易《へきえき》した表情で納得。私もまた予想がついた。

シュエンは間違いなく、私を疑っている。そしてそんな私がこの事件を捜査するとなれば、自分に有利な形で進めると思ったのだろう。

「はぁー、つまり指揮官様が何か不正を働かないか、監視するために同行するってわけ?」

「さあ、どうかしらね?」

「だから、『違わないけど、違う』のね」

「へへー」

不敵な笑みを浮かべるワードレスと、彼女らへ敵意を剝《む》き出しにするカウンターズ。

今にもその場の銃器で一戦交えそうな雰囲気である。それにはシフティーもオドオドしながら私の背中に隠れていた。

「落ち着こう。いがみ合うよりも協力すべきだ。私たちの最大目標は一致している」

「最大目標?」

「ああ。事件を解決するということだ」

「……そうですね」

そう言ってラピがひとり、ワードレスとアニス、ネオンの間に入る。

「シュエンの望みは、事件の早期解決。そうでしょう?」

「ええ。彼女が危惧《きぐ》しているのは、この事件が大ごとになり、学園外にも醜聞《しゅうぶん》が漏れ、アークの評判が落ちること。ただそれだけよ」

「そして私たちカウンターズの目標は、指揮官の疑いを晴らすこと。そのための一番の近道は真犯人を特定すること」

「ええ、そうね」

「指揮官が犯人だったら、話は簡単なんだけどね〜」

「そんなわけないでしょ！　黙ってなさいよユニ！」

アニスとユニの間に入りつつ、私は冷静に告げる。

「ラピの言う通りだ。ゆえに協力し合うことがベストだろう。まず指令の通り、消えたパンツを見つけ出す。そうすれば真犯人への糸口が摑《つか》めるかもしれない」

そこまで言えばネオンは「なるほど確かに！」と納得。アニスはワードレスのふたりに怪訝《けげん》な目を向けつつも、仕方ないといった表情。

最後に私は、ニケたちの視線を一身に受けながら、言い放った。

「それではこれより、カウンターズとワードレスによる、協同作戦を開始する。コードネームは『パンツ奪還作戦』だ」

「そのコードネームは変えましょう」

「うん。もっといい名前が絶対にあるはずだから」

翌日、訓練と座学が終了した夕刻。カウンターズの居室にて。

改めてカウンターズとワードレスの合同チームによるミーティングが始まった。シフティーが収集した事件資料に目を通しながら、議論していく。

「これが盗難被害者のリスト……改めてすごい数ね」

「当たり前ですが、ニケが大半ですね」

「母数が多いからね。それに女性のアナリストや指揮官、トレーナー等も被害に遭っている。ニケの下着だけを特別狙っているわけではないと考えられるわ」

「シュエンの部屋もあるしね〜」

「そうなの？　あいつも女子寮に住んでるの？」

「いや、アークの市街地の方に立派なおウチがあるわ。でも女子寮にも自室を一室設《しつら》えているみたい。忙しい人だから、そこで仮眠をとったりしてるの」

「へえ、贅沢《ぜいたく》だこと。良いわね金持ちは」

アニスは「へっ」と冷めた感じで笑う。ネオンもまた皮肉めいた表情だ。

「あんなにお金を持ってるなら、恥ずかしいパンツの一枚や二枚、無くしても良いですよね。放置しましょう放置」

「いや、むしろとっとと見つけてアーク中に周知しちゃおう。あいつの恥ずかしいパンツ」

前々から快く思っていなかったのだろうが、昨日の一悶着《ひともんちゃく》で完全にシュエンへのリスペクトはゼロになったらしい。

悪い顔をするアニスとネオンに、ラピが注意する。

「ふたりとも、冗談はそのくらいにして……」

パァンッ！

「!?」

突如《とつじょ》鳴り響いた銃声にラピはギョッとし、アニスもネオンも目を白黒させる。シフティーは「ひぃん！」と言って隣の私の腕にしがみついてきた。

「な、何やってんのよユニ！」

「へへ～」

「あ、あはぁ……」

見ればユニの持つ銃から硝煙《しょうえん》が上がっていて、ミハラは震えながら尻を突き出して床にへたり込んでいた。そしてその尻には、しっかりゴム弾の跡が残っている。

見覚えのある光景だと思ったら、やはりその原因はふたりの性癖にあった。

「だってアニスとネオンが、『放置』とか『羞恥《しゅうち》』とか卑猥《ひわい》な言葉を言うんだもん～。ミハラがワクワクしちゃったよ～」

「言ってないですけど!?」

「放置とは言ったけど、そういう意味じゃないわよ！」

「さすがユニっ……私のワクワク察知能力では、右に出る者はいないわっ……」

「ありがとう、ミハラ。私もミハラが大好きだよ」

「どんな風紀委員なのよ！　一番風紀を乱してるじゃない！」

アニスが憤慨《ふんがい》する一方で、私はユニとミハラを見て、少々感心していた。

ミハラの被虐的興奮を察知し、ユニがすかさず加虐。それはまさに阿吽《あうん》の呼吸。

過程は褒《ほ》められたことではないが、ワードレスというチームの極限まで高められた信頼関係が目に見えて把握《はあく》できた。

実際にワードレスのエンカウンターにおける演習などは見たことがないが、きっと好連携を連発する良いチームなのだろう。

パァンッ！

「ぐあぁっ！」

「指揮官様――――っっ!?」

予期せぬ事態が起こった。

ユニが、なぜか私の尻を狙ってゴム弾を発砲したのだ。私はミハラと同じように、尻を突き出して倒れ込む。

「ちょっとユニ、なんでいきなり指揮官を……!?」

「だって今、指揮官が私とミハラを見て、物欲しそうな顔をしてたから。ミハラと同じようにしてほしかったのかなーって」

とんでもない誤解である。

しかし、痛みのあまり声が出ない。代わりに否定してくれカウンターズよ。

「うそ！　指揮官様にそっちの趣味が!?」

「なるほど！　師匠が毎日寝不足になるほど自分を追い込んでいる裏には、そんな性癖が隠されていたのですね！」

なぜそうなる。

「シフティー、指揮官様の自室ＰＣの昨晩の履歴を調べて！　そういう動画を見てた!?」

「少々お待ちくださいっ……いえ、ダメです！　マーモットの動画しか出てきません！」

「昨晩はマーモットで癒《いや》されたのですね、師匠！」

君たちは私にどうあっていてほしいんだ。

というより、すごく自然な流れで私の自室ＰＣが不正アクセスされている件について、誰もツッコミを入れなくなった事実が今、私は何よりも怖い。

ふと、隣で同様に倒れているミハラに目を向ける。

「ギリッ……！」

燃え盛るような瞳で、私を睨《にら》んでいた。

「ごめーん指揮官。ミハラ、ドＭな上に嫉妬《しっと》深いんだー。今夜は背後に気をつけてね」

「…………」

本当に、いろいろなニケがいるものである。

気を取り直して、盗難事件についての協議を再開する。

ふと、ひとり退屈そうに参加していたユニが、ぽろっと呟《つぶや》く。

「あんなにいっぱいのパンツ、どこにしまってあるのかな」

千枚ものパンツ。仮にそれが一か所にまとめられていたならば、きっととんでもない存在感だろう。それをどう犯人は隠しているのか。

アニスはこう予想する。

「犯人の自室でしょ。ニケ学園に在籍していて自室がない人なんて、ほぼいないでしょうし。ニケにせよ指揮官にせよ」

「ただ男子寮でも女子寮でも、自室へは定期清掃が入るわ。一時的に保管はできても、いつまでも自室に置いてはおけないはず」

「あ、確かに。じゃあいずれどこかに移動させるのかな。もしくはもう移動してる？」

アニスとラピのやりとりに、ミハラも加わる。

「何にせよ、この事件における一番大きな謎はその運搬方法でしょう」

「ですねー。そんな大量のパンツを一度に運ぶ方法、まったく思いつきません。しかも目立たないようにとなると……」

「あっ！」

その時、シフティーが何か思いついたような声をあげる。

その場にいた全員から視線を向けられると、シフティーは恥ずかしいらしく、顔を隠すようにしてタブレットを掲げてみせた。

「みなさん、こちらをご存知ですか？」

そこに映っていたのは、手のひらに載せられた銀色の箱だ。

「何それ、知らない」

「直方体の箱？　何かの機械？」

「スーパーに売ってるお豆腐くらいの大きさでしょうかねぇ」

「実はこちら、最新型の収納ボックスでして。ご覧ください」

それは動画だったらしく、シフティーがタブレットをタップすると映像が動き出した。銀色の箱にはディスプレイがあり、動画の女性はピッピッとそれを操作する。

すると次の瞬間、銀色の箱が光り出したかと思うと、そこから大量の衣類が溢《あふ》れ出した。女性はそれに埋もれながらも得意げな表情である。

「な、何いまの！」

「銀色のお豆腐から、お洋服が爆発するみたいに飛び出しました！」

「ごく最近開発された、衣類などを最先端技術で超高密度に圧縮して保存する機械です。その名も『ギュッとする君』だそうです」

「名前ダサいわね……」

それにはつまらなそうにしていたユニも食いつく。

「すごーい！　その中にミハラを入れたら楽しそうね！」

「ふふ、本当ね」

なにか恐ろしい会話をしていた。

「すごい技術ね……もしかしてこれ、彼女たちの？」

「はい、お察《かし》しの通りかと」

私が首を傾げているのを見て、ラピが補足してくれる。

「指揮官はまだご存知ないかもしれませんが、高度な技術力でこのような機械を次々に発明しているマイティツールズというチームが、中央ニケ学園にはあるのです」

「ほう、そうなのか」

「彼女たちに言えば、何でも作ってくれるのよ。今度彼女たちの居室に行ってみるといいわ」

「そうだな。興味がある」

とはいえ今は事件の解決だ。

なぜシフティーがこの動画を見せたのか、私たちは即座に理解した。

「犯人はこの『ギュッとする君』にパンツを詰め込んで、運んだってこと？」

「可能性のひとつとして提示します。千枚ものパンツを目立たずに運ぶ方法なんて、限られてくるでしょうから」

「確かにこのサイズなら、トートバッグなどに入れて持ち運べそうですね！」

ここまで難航していた捜査会議だが、やっと一筋の光明が見えた。

「シフティー、その機械はどこで購入できるんだ?」

「いえ、こちらは一般に購入はできないはずです。まだ試作段階との噂《うわさ》で」

動画の投稿日時を確かめると、まだ一か月も経《た》っていなかった。本当につい最近、完成したものなのだろう。それゆえシフティー以外は知らなかったのだ。

「じゃあ『ギュッとする君』はどこに行けば手に入るの?」

「おそらく製造元のマイティツールズのみかと……連絡をとってみますね」

そう言ってシフティーはヘッドセットを装着し、通話を始める。

その様子を前に、カウンターズもワードレスも感心していた。

「ずいぶん手際がいいのね、そっちのアナリストは」

「へへん！　うちのシフティーは出来る女なのよ！」

「あなたが威張ることではないでしょう」

「ミハラも出来る女なんだよ～。訓練だといつも褒《ほ》められてるし、シュエンの要求にもいつも的確に応えてるし、ユニがウズウズしてるとすぐにお尻を差し出してくれるし！」

「最後のは私欲も含まれてるじゃない」

「おっぱいの時もあるよ」

「知らないわよ」

不毛な話をしている間に、シフティーは通話を終えたようだ。

こちらに向き直ると、シフティーはニッコリと微笑《ほほえ》んでみせた。

「どうやら当たりみたいです」

「え！　ってことは……？」

「はい。『ギュッとする君』の試作のひとつが、マイティツールズの居室から無くなっている
そうです」


数十分後、私とカウンターズとワードレスは、学園の中庭に集合する。

「それじゃこれ探知機ね。はい、はい」

アニスは小型の端末を、私とミハラにひとつずつ渡す。

これは『ギュッとする君』を探知する機械らしい。マイティツールズからわざわざ借りてき
たとのこと。

半径三十メートル以内に『ギュッとする君』があると反応する代物だとか。

「なんで『ギュッとする君』に、被探知機能がついてるんですかね？」

「小さすぎてどこに置いたか忘れることを想定して、搭載させたらしいわ」

「なるほど。だから半径三十メートルと狭範囲なんですね。流石《さすが》マイティツールズ、痒《かゆ》いとこ

ろに手が届く仕事ぶりです」

「しかし彼女たちも抜けてるわよねぇ。『ギュッとする君』を盗まれていたことにも、気づいていなかったなんて」

「物作り以外は無頓着な人たちなのでしょう。きっと自分のパンツが無くなっていたことにも気づいていないわ」

ここで改めて私が、今後の作戦を確認する。

「私とミハラ、ユニとラピ、アニスとネオンの三組に分かれ、ニケ学園の敷地内《しきちない》を探索。探知機が反応するポイントを探していく」

「反応があれば、そこに盗まれたパンツが入った『ギュッとする君』があるってわけね」

よってここからは足で稼ぐターンなので、シフティーは離脱した。そもそもカウンターズとワードレスに課せられたミッションにもかかわらず彼女は、大いに助力してくれた。後で改めて感謝を伝えねばならないだろう。

「敷地内は広いですからねぇ。半径三十メートル以内の探知範囲でどれだけ……」

「えぇ～ユニ、指揮官と一緒がいいなぁ」

「えっ」

ユニによる予想外の発言に、全員が目を丸くする。アニスがおずおずと尋ねる。

「ユ、ユニ、それってどういうこと……？」

「だって指揮官、さっきユニがお尻を撃った時のリアクションが良かったんだもん。えへへ、もっといっぱい撃ち込みたいなって♪」

「…………」

なるべく、ワードレスの探索範囲には近づかないようにしよう。

「ギリッ……」

そしてなぜ、ミハラは唇を嚙《か》みながら私のことを睨《にら》んでいるのだろうか。

「……ダメよ。いいから私と行くわよユニ」

「えー、なんでー」

「もういいから、さっさと探索を始めましょう」

そうして三組に分かれ、大量のパンツが入った『ギュッとする君』の探索を始めた。

おそらく大本命であろう男子寮の探索を、私は入念に行った。ミハラも風紀委員権限で同行して、主に私を監視する。

各フロアに降り立って二周三周。同僚には怪訝《けげん》な目で見られながら、懸命に調べて回った。

しかし、男子寮からは一切の反応も出なかった。

ラピ・ユニ組とアニス・ネオン組からも、発見の報告は聞かれない。

仕方なく私もひとり、学園敷地内を歩き回っていた。陽《ひ》も落ちかけて、そろそろ本日の探索終了を告げようとした時だ。

「指揮官様」

「ッッ！」

とっさに身を守りながら振り返ると、そこにはアニスとネオンがいた。

「あぁ……君たちか」

「どうしたの指揮官様……そんなに怯《おび》えて」

「いや……ユニかと思ってな……」

「あぁ、そうね……ユニだったらお尻撃たれちゃうもんね」

「お言葉ですが師匠。仮にここでユニが師匠を見かけていれば、声をかける間もなく発砲していたと思いますよ」

「……確かに」

いや確かにじゃないが。この法治国家では、あってはならないはずだが。

「その様子だと指揮官様、反応はまだ？」

「ああ。そちらもか」

「絶対に男子寮で見つかると思ったんですけどねぇ」

ひどい偏見だが、むべなるかな。女性が女性のパンツを盗む理由などないだろう。

「指揮官の部屋も入念に探したんだけど、何もなかったわね」

「えっ、ミハラ、指揮官様の部屋に入ったの!?」

「当然でしょう。私はそのために指揮官と同行しているのだから」

「そ、そう……」

アニスはなぜかムッとした顔で私を睨《にら》んでいた。

「もしかして、もう売っぱらっちゃったんですかねぇ。自分で言うのもなんですが、現役ニケ学園生のパンツって売れそうじゃないですか」

「ひえぇ、気持ち悪いこと言わないでよ！」

「そういうのって、誰が穿《は》いたものか分からないのに買うものなの？」

何を純粋な顔で言っているんだミハラ。

「いやもちろん知らないですけれど。どうなんですか師匠？」

「私に聞くな……」

その時だ。ユニから着信があった。

通話を始めると、ユニが第一声、嬉《うれ》しそうに言い放つ。

『反応あったよ～っ！』

「なに、本当か！」

ユニが指定した場所へ、私たちは走った。

もう薄暗くなってきているが、『ギュッとする君』が見つかったとあらば、ここで打ち切りはできない。出来る限り早くラピとユニの元へ向かった。

「こちらです」

「ユニが見つけたんだよ〜！」

そこは、坂の上にある小さな倉庫。防災用品が保管されているようだ。

「本当ね。探知機が反応してる」

私やカウンターズ、ワードレスがそれぞれ持っている探知機が、同様に反応を示している。

ここで間違いないようだ。

「よくやった、ユニ」

「えへへ〜。じゃあご褒美《ほうび》ちょうだい、指揮官！」

「ご褒美、とは……？」

「どこがいい？　やっぱり王道のお尻？　それともあえての脇腹？　もしくは……」

「…………」

痛めつけられるのは確定らしい。後でサクッと遺書でも書いておくか。

「指揮官……」

一方でミハラは、どうしてか落ち着いた、むしろ悟ったような表情だ。

「お預けを喰《く》らい、ユニが他者を痛めつけているのをただ見ているだけ……そのようなプレイもまた至高であると。指揮官のおかげで気づきました。心より感謝いたします」

「…………」

与《あずか》り知らぬところで、ミハラのドMレベルがさらに向上していた。

「ほら指揮官様。バカなことやってる間に、見つけたわよ」

「む……ああ、本当だ」

呆《あき》れ顔のアニスが持っているのは、シフティーのタブレットで見た『ギュッとする君』だ。

ついに発見した。

「ミッション成功……と言いたいところだけど、中身を確認しないことにはね」

「ちなみにこれ、すっごい重いわ……指揮官様、持って」

「むっ、本当だな」

豆腐サイズの銀の箱だが、油断すると重さで肩が外れそうになる。

「それだけの何かが圧縮されて収納されてるってことですね」

「学園の教室を一室借りましょう。そこにマイティツールズを呼んで、圧縮を解除してもらうべきかと」

「ああ、そうだな。ではラピ、マイティツールズに連絡してくれ」

「承知しました」

ラピが通話している間、私が持つ『ギュッとする君』をネオンとユニが物珍しそうに見る。

「この中に私たちのおパンツが入ってるんですかねぇ」

「ユニのも～。これ、どうやって解除するのかな」

「確か動画では、このディスプレイを操作して……」

「気をつけてね。こんな場所で解除しちゃったら大惨事よ？」

「大丈夫ですよー、どうやら解除するためには、四桁のパスワードを入力する必要がありそうです。こうやってピピピピっと……ん？」

刹那《せつな》、『ギュッとする君』が真っ白な光を放ち始めた。これには見覚えがある。先ほど動画で見たのと、まったく同じ状況である。

「ちょ、ちょっとネオン！　解除しちゃったんじゃないの!?　何て打ち込んだのよ！」

「0000と……」

「初期パスワード！」

「は、離れろみんなッ！」

私が叫び、皆が反射的に距離を取った、次の瞬間――。

バァァアンッと花火のような音が鳴ると同時に、『ギュッとする君』から何かが一斉に弾《はじ》けて溢《あふ》れ出した。

それは、まごうことなき、パンツであった。

「うおおっ!?」

「し、指揮官っ！」

ラピが伸ばした手を摑《つか》もうとした瞬間、色とりどりのパンツの波が、覆い被《かぶ》さってくるのを感じた。そして、何も見えなくなった。

「ぐわああああああああああっ！」

視界も身動きも奪われた私は、大量のパンツと共に壮絶な勢いで坂を転げ落ちていく。

意識が遠くなる。

「――女王様。こっちで誰か寝てます」

「……ん？」

「パンツの中で寝ちゃいけませんよ～。早く起きてくださ～い」

パンツの雪崩《なだれ》に呑《の》まれた私を、誰かが引っ張り上げてくれる。

微《かす》かに見えるふたつの影。どうやら助かったようだ。

「見覚えのない男だけど……よっぽどパンツが好きなのね」

違うんだ……。

第三話　アンリミテッド

「――よって、盗難にあった女性ものの下着の返還率は、現在六十八%とのことです。ご報告は以上となります」

「うむ、そうか。ご苦労だったな」

副校長室にて。アンダーソンは表情をわずかに綻《ほころ》ばせ、私にねぎらいの言葉を与えた。

ニケ学園の女子寮を騒がせていた、世紀のパンツ盗難事件。

カウンターズやワードレス、シフティーの活躍もあり、千枚に及ぶ盗難パンツは無事に発見された。学園から与えられたミッションを、見事にクリアした形となった。

「しかし君はやはり、ただでは終わらない男のようだ」

「……その件は、ご迷惑おかけしました」

大量の盗難パンツは高密度で圧縮され、特殊な収納機械に詰め込まれていた。それを発見するまでは良かったものの、予期せぬタイミングで圧縮が解除されてしまった。

その結果、未曾有《みぞう》のパンツ雪崩《なだれ》が発生。

私はそれに巻き込まれ、一時意識を失っていたらしい。

「それもまた不運な出来事だったのだろう。しかしその副次的事故により、君とパンツという存在が、もはや切っても切り離せない関係となってしまったな」

「やめてください……」

せっかく事件を解決したというのに、今度は『パンツ雪崩の遭難者』や『パンツの海を泳いだ男』などの噂《うわさ》が新たに生まれたらしい。

ここまでくると本当に、私とパンツには浅からぬ因縁《いんねん》があるように思えてくる。私は前世でパンツに何かしたのだろうか。

「とはいえ、無事ミッションをクリアしたことは称賛《しょうさん》に値する。なかなか難易度が高く、時間がかかるものと思っていた。改めて、よくやった」

「ありがとうございます」

「次のミッションは比較的簡単なものを用意しよう……と言いたいところだが」

言下、アンダーソンは真っ白な封筒をピッと私へ飛ばす。

それは、先日ミハラから受け取ったものと同じ様式のものだ。

「次の指令書ですか?」

「ああ、慌ただしくてすまない。だがやはりこの案件は、君たちが担当すべきだと判断した」

「ほう……」

私はアンダーソンに促され、封筒を開いた。

「私たちが犯人を捕まえるってこと?」

「ああ、そうだ」

カウンターズの居室にて、先ほどアンダーソンから引き受けた指令の内容を伝えると、三人は顔を見合わせたのち、同じような反応をする。

「まぁ、そうなるわよねぇ」

「おパンツの在《あ》り処《か》を見つけ出したのも私たちと師匠ですからね！　そのまま犯人の特定まで担当する方が合理的でしょう！」

「ちなみに指揮官、そのミッションにワードレスは？」

「ふたりは外れた。シュエンから呼び戻されたらしい」

「そうですか。まぁもともとカウンターズにのみ与えられた指令ですしね」

「へんっ、せいせいしたわ。いつまでもユニと一緒にいたんじゃ、指揮官様のお尻がもたないからね」

「ああ、そうだな……」

ご褒美《ほうび》と称してユニに差し出した脇腹がまだ痛む。今回の件で私は確実に、ユニのオモチャとしての地位を確立してしまったらしい。別れ際のユニは、本当に寂しそうな顔をしていた。

そしてミハラは嫉妬《しっと》の怒りと放置の興奮が混ざり合う、複雑な顔で悶《もだ》えていた。

できれば彼女たちとは今後、健全な付き合いをしていきたいものだ。

「しかしパンツを盗んだ犯人の特定って、また難しいミッションね」

「大量のおパンツの運搬は『ギュッとする君』が可能にしたのでしょうけど、どのように女子寮に忍び込み、誰にもバレずに各フロアのランドリールームからおパンツを盗んで回ったのかは、分かっていませんからね」

「あとはその動機もね」

「いやいや動機なんてさ、口にしたくもないけど、売るかクンカクンカするかくらいでしょ」

顔を歪《ゆが》ませながらそういうアニスだが、「あっ」と声をこぼす。

「もし売るのが目的だったら、男性が犯人とも限らないか」

「ああ、その通り。女子寮に出入りしても不自然じゃないという点では、女性が犯人だという線も捨てきれない」

「そうですね！　女子のおパンツを盗むのは男子、という先入観に囚《とら》われていました！」

「断定はできないがな。あらゆる可能性を考慮して捜査していこう。今日はまず現場を改めて調査しに行こうと思う」

「現場というと、女子寮ですか？」

「いや、私は女子寮に入れないからな」

捜査だと言って指令書を見せれば入れてもらえるかもしれないが、またあらぬ誤解を招きそうだ。女子寮の調査はカウンターズの三人に後々行ってもらおう。

「今日は『ギュッとする君』が隠されていた倉庫を調査してみよう」

中央ニケ学園の敷地《しきち》、その北の端に防災用品が保管されている例の倉庫はある。

カウンターズと私はその倉庫内をくまなく調査していく。

「ひいっくしょん！　あーまったく、埃《ほこり》っぽいわねぇ」

「掃除が行き届いていないようですね」

「それはつまり、あまり人が寄り付くことのない場所、ということね」

「ああ。隠しておくにはもって来いの倉庫なのだろう」

犯人像やら動機やらの予想を話しつつ、不審な点がないか探していく。

だが、あまり大きくない倉庫なので、ものの三十分ほどでその必要性が感じられなくなってきた。

「刑事ドラマだったら、ここで犯人の落とし物とかを見つけられるんだけどねぇ」

「ありませんねぇ。シャツのボタンも、意味深なメモも、誰かしらの血痕も」

「うむ……倉庫の中に手がかりはないかもしれない。一旦出ようか……ん？」

そこで一人足りないことに気づく。

「ラピはどこに？」

「あ、さっきお手洗いに行くと言って出ていきましたよ。でもちょっと遅いですね」

「もしかしてサボりー？」

ラピに限ってそのようなことはないだろう、と思いながら倉庫から出ると、ちょうどラピが戻ってきた。

「あ、いたラピ。遅かったじゃない」

「申し訳ございません。少し気になることがあって」

「気になること？」

「そういえばラピ、今どこから来たんだ？」

ラピが現れたのは私たちが上がってきた坂道からでなく、倉庫の右手側。木々が生い茂っていて、あまり人の歩く道ではないように見える。

「それなのですが、どうやらこの倉庫へ来るには、あの坂道を登ってくる以外に、方法はないようです」

「え？」

「ということは、右手側は行き止まりだと？」

「はい、確認してきました。この向こうは柵《さく》があり、飛び越えるのは困難かと」

「なら犯人は、確実に坂道を登ってきたということですね！」

となればこの坂道周辺に監視カメラでもあれば、パンツが入った『ギュッとする君』を倉庫へ運んでいる際の犯人が確認できるかもしれない。

「でも、見たところこの辺に監視カメラなんて無さそうじゃない？」

「ここは学園の敷地《しきち》でも最北端ですから、あまり人通りも多くなさそうですしねぇ。建物も、坂の下に小屋がひとつあるだけですね」

「小屋と、キャンプで使うみたいなテントがいくつか立ってるわね」

「ってことは、あのチームがいるんじゃない？　行ってみましょうよ」

そう言って坂を下りていくアニスに、私たちもついていく。

そういえば、先のパンツ雪崩《なだれ》発生時のこと。この坂道をパンツと共に転げ落ちていった後、薄れゆく意識の中でふたりの女子に声をかけられた覚えがある。

もしかして彼女たちが、アニスの言うチームなのだろうか。

「おーい、アンリミテッド」

アニスが小屋をノックして声をかけるも、その扉は開かない。

ただし小屋の中に人はいるようだ。何やら慌てた声が扉越しに聞こえてくる。よく聞き取れないが「女王様っ、私がやります！」と言っているような気がする。

何かトラブルでも起きているのかと思い、私はドアノブを握る。すると開いた瞬間……。

「き、危険です！　逃げてくださ――――いっ！」

「えっ」

ピンク色の少女が飛び出してきたのとほぼ同時――――小屋の中で爆発が起こった。

「ぐああああああああっ！」

「わぁ――――――――っ！」

小屋内部からの猛烈な爆炎で吹き飛ばされた私とピンクの少女。とっさに彼女を抱きしめ、私は背中からズザザザ———っと地面に投げ出された。

「し、指揮官様———っ!?」

ドアから離れていたカウンターズは突然の事態に驚愕。慌てて駆け寄ってきた。

「指揮官！　大丈夫ですか！」

「あ、ああ……かすり傷だ……」

「髪も眉毛もチリチリになっていては、説得力がありませんよ師匠！」

「君は、大丈夫か……？」

腕の中の少女に声をかけると、彼女は目を回しながら答えた。

「はいぃ……ありがとうございます、おかげで助かり……はっ！」

不意に彼女は、目を見開いて私に顔を近づける。

「あ、あなたはウサギさん!?」

「ウサギさん……？」

「師匠、いつの間にアリスのウサギさんになったのですか？」

いや身に覚えはないが。

「はっ……女王様は!?」

アリスと呼ばれたその少女は、ガバッと起き上がると、小屋へ向かってパタパタと走っていく。

私たちもついていくと、煙に包まれた小屋の中にはひとりの女子が。全身真っ黒コゲで髪をチリチリにさせながらも、威風堂々と腕を組んで立っていた。

「じょ、女王様！　ご無事ですか⁉」

「ええ、問題ないわ。なぜこのような事象が起こったのか、思案していたところよ」

「流石《さすが》は女王様！　なんという切り替えの早さでしょう！」

「何やってんのよ……」

目を輝かせるアリスと、呆《あき》れるアニス。それを尻目にラピが解説してくれる。

「指揮官、彼女はルドミラ。ニケのチーム・アンリミテッドのリーダーです」

「そうか。なかなかに貫禄《かんろく》があるな」

小屋で爆発が発生しながらも、こうして仁王立ちしているのだから。

「しかしなぜ爆発が……？」

「どうせルドミラが、何か機械でも触っちゃったんでしょ」

アニスがこんな意味不明なことを言うと、アリスは両手を上げて驚く。

「な、なぜそれを⁉　そうなのです、女王様が電子レンジを操作なされたのです！」

「美味《おい》しい焼き芋をいただいてね。レンジで温めたほうがおいしいと思ったから操作したら、この通りよ」

「やっぱり……注意しなさいよルドミラ」

異国の会話を聞いているような気分になった。

一体どのような文脈から、電子レンジに触れて爆発するという結論に帰着するのだろう。

「指揮官。ルドミラは、機械音痴でして」

「機械音痴……？」

「はい。なぜかは解明されていませんが、彼女が機械に触れると故障したり、最悪の場合爆発したりするのです」

「女子寮でも何度か爆発騒ぎを起こしてるものねー」

「………」

そんな人物を、機械音痴という可愛《かわい》げのある枠内に収めていて良いのだろうか。

「初めまして、私はルドミラよ」

「私はアリスです──っ」

「よろしく、新人指揮官」

顔は煤《すす》だらけで、髪もチリチリ。にもかかわらず並外れた風格を漂わせるルドミラ。

そんな彼女と、私は握手を交わすのだった。

「なるほど、例の盗難事件の犯人捜しをね」

ルドミラにここまでの事情を話すと、察しがいいのかすぐに目的を理解した。

「つまり、そこの坂を登っていった怪しい人物を見かけなかったか、と聞きたいのね」

「ええ、何か心当たりはない？」

「ないわね。私たちがここにいるのは、訓練後から下校時間までの間。それにいたとしても、常に坂の方を意識して見ている、なんてことはないわ」

「まぁ、そうよね……」

「ただ、手がかりがないということもないわ」

「え？　というと？」

ルドミラが答えようとしたところで、アリスが割って入ってきた。

「なるほど！　あの事件を解決するためにウサギさんは、あの時パンツの雪崩《なだれ》に巻き込まれてやって来たのですね！」

アリスにそう言われて、改めてあの日のことを思い出した。

『──女王様。こっちで誰か寝てます』

『……ん？』

『パンツの中で寝ちゃいけませんよ～。早く起きてくださ～い』

『見覚えのない男だけど……よっぽどパンツが好きなのね』

パンツ雪崩によって坂を転げ落ちた際、この居室の外にふたりはいたのだろう。

「あの時のことは感謝する。だが私はパンツが好きなわけではない」

「そうなの。趣味嗜好《しこう》は人それぞれで、口を出すつもりはないけれど」

「ウサギさんのおかげで、私のパンツも無事に戻ってきました！　ありがとうございます！」

アリスは満面の笑みを私に見せる。そこで先ほどから気になっていることを尋ねる。

「その『ウサギさん』というのはなんだ？」

「私たちの世界へ突如《とつじょ》雪崩によって迷い込んできたから、ウサギさんです！　ね、女王様！」

「ええ、そうね。私が呼び寄せたのよ、このしもべを」

「わぁー、素敵です！」

口を挟まず聞いていると、ルドミラが私に耳打ちする。

「と、そういう設定で遊んでいるの。よければ付き合ってくれる？」

「ああ、分かった」

「指揮官様が晴れて『ウサギさん』に就任したところで、話を戻すけど……」

アニスが無理やり話題を区切り、ルドミラに尋ねる。

「パンツ盗難事件の犯人を特定する、手がかりがあるって？」

「ええ。実はこの小屋の入り口には、防犯カメラが設置してあるのよ」

「えっ、そうなの!?」

思わぬ朗報にアニスは声を弾ませる。それにルドミラは頷《うなず》いて、続ける。

「ここには高価なキャンプ用品もいくつかあるから、念のためね」

「なるほど。キャンプ用品って、ピンキリって言いますもんねぇ」

「高価なキャンプ用品がある場所で、レンジを爆発させるんじゃないわよ……」

「ちなみに聞くが、なぜキャンプ用品がアンリミテッドの居室にあるんだ？　外にはテントも張ってあったが」

疑問をそのまま口にすると、ルドミラは「そうか、学園に来たばかりだから知らないのね」と納得した様子。疑問にはラピが代わりに答えてくれる。

「ニケのチームは、所属している部活動が同じ、という理由で結成されることも多いのです。あるいは逆に、チームになったから同じ部活動に、というパターンもあります」

「カウンターズは違うけどねー」

「私たちも触発されて、何かの部活を始めようかと考えた時期もありましたが……」

「三人とも、まったく趣味が合わなくて頓挫《とんざ》したのよね」

「なるほど……」

チームの結成はニケの自主性を尊重する方針なので、様々な形があると話は聞いていたが、なるほど部活動がキッカケになるのか。

「つまりルドミラとアリスは、キャンプ部の部員ということか？」

「その通りよ。だから与えられた居室よりも、このキャンプ部の部室にいることが多いの」

そうか。ここはアンリミテッドの居室ではなく、キャンプ部の部室だったのか。

「ウサギさんもどうですかー？」

「指揮官は部活動には入れないのよ、アリス」

「そっかぁ、残念です……」

ここで再び本題に。部室の入り口にある防犯カメラについてだ。

「あの坂を登ろうとする人物がいれば、角度的に、カメラに映るでしょうね。街灯もあるからたとえ通ったのが夜中でもね」

「やった！　ならその映像を確認すれば……」

「ただ、伝えなければいけないことがひとつ。ついて来なさい」

そう言ってルドミラは部室を出るよう促す。そうして入り口の斜め上を指差した。

それを見た私とカウンターズは、声を上げて驚く。

「うそ！　防犯カメラが壊れてる!?」

「ま、まさか先ほどの爆発で……!?」

「いや、それは関係ない。なぜならこの防犯カメラは、今日私たちが来た時にはもう壊されていたから」

「壊されていた……？」

ラピが壊れた防犯カメラを下から覗《のぞ》き込む。すると徐々に、緊迫した表情へ変わっていく。

「本当ね……これ、壊されてる。バールのようなもので殴打《おうだ》されたみたい……」

「えっ！　じゃあ誰かが意図的に破壊したってこと⁉」

「部室内を確認したところ、キャンプ用品は何ひとつ取られていなかったわ。ただひとつ……防犯カメラの映像を記録したレコーダーだけが、盗まれていた」

「ッ！」

見れば部室の窓の、鍵の部分に石を投げ込まれたような穴がある。その穴から鍵を開けて、窓から侵入したのだろう。

「つまり、そういうことのようね」

ルドミラは私に目配せする。ネオンやアリスは「そういうことって、どういうことですか」と首を傾《かし》げていた。

「つまり……パンツの入った『ギュッとする君』を坂の上の倉庫に隠した犯人が、その足取りを消すために、この防犯カメラを破壊した可能性が高い」

「ええっ⁉」

「ここに防犯カメラがあると犯人が気づいたのは、ごく最近のことなのでしょう……だから、慌てて壊した。これって映像を記録する媒体《ばいたい》が内蔵されたカメラでしょう？」

「ええ、そうよ。映像データはカメラ内部とレコーダーに記録される設定だった」

「ひどいですー！　高かったんですよ、この防犯カメラ！　レコーダーも！」

アリスは頭を抱えて悲嘆の表情。ルドミラがそんな彼女の頭を撫《な》でて落ち着かせていた。

アニスやラピは表情に苛立《いらだ》ちを映す。

「ただのパンツ泥棒なら、笑い話で済まないこともないけどさ……ここまできたら、ちょっと許せないわね」

「ええ、悪質だわ。犯人を見つけ出して、弁償させるべきね」

「そうしてもらえるとありがたいわね。そのためなら、アンリミテッドも協力を惜しまないわ」

「惜しみませんよーっ！」

アリスは表情を一転、やる気満々で宣言。一方でアニスは、顎《あご》に手を当てて難しい表情だ。

「でも、防犯カメラのレコーダーが盗まれたんじゃ、映像は見られないわね……」

「いや、まだチャンスはあるわ」

「え？」

「ただその辺りの事情も、また少し入り組んでいてね。結論を言えば、もし一刻も早く映像が見たいのなら……」

ルドミラは高貴な笑みを浮かべ、私たちに告げる。

「私たちと、キャンプ場へ行きましょう？」

＊＊＊

「わぁ――、いい景色ですねぇ！」

山々の緑、そして空と湖の青に、瞳が自然と癒《いや》されていく。そんな光景を前にして、ネオンは大はしゃぎであった。

休日の今日、私がカウンターズとアンリミテッドと共にやって来たのは、学園都市アークの外にある湖畔《こはん》のキャンプ場。

部活動などでは、事前に申請をすればアーク外でも活動できる。アンリミテッドが所属するキャンプ部では、定期的にこのようなキャンプ場に来ているのだという。

「こんな自然豊かな場所に来たの、久々」

ラピがしみじみと呟《つぶや》く。

アーク内はショッピングセンターや運動場など、生活に必要なものや娯楽施設は何でも揃《そろ》っている。なので学園の生徒たちの生活は、アーク内で完結している。

しかしこのような景色は、アークでは見られない。

「空気がおいしいでしょう。アークに長くいると、つい忘れそうになるのよ。こういう感覚」

ルドミラはそう言って笑いながらテントを広げる。アンリミテッドのふたりが本日寝泊まりするためのテントのようだ。

「ルドミラ、手伝おうか？」

「あら、それじゃあお言葉に甘えようかしら。じゃあこのポールを穴に通してちょうだい」

テントの設営を始める私とルドミラ。

カウンターズの三人は、湖のほとりで駄弁《だべ》っている。

「いいですねー、こんな場所で寝て起きて……目覚めは最高でしょうねぇ。せっかくですし、私たちも泊まりませんか？」

「無理でしょ、テントもないのに」

「キャンプ部の邪魔をするのも悪いから。例の映像を見たら、私たちは離脱しましょう」

「うーん、もったいないですねぇ」

なぜカウンターズと私が、アンリミテッドと共にキャンプ場にいるのか。

実は件《くだん》の防犯カメラ映像は、部室のレコーダーだけでなく、アリスのスマホにも記録されるように設定されているらしい。

つまりパンツ盗難事件の犯人の手がかりが、アリスのスマホに残されている可能性がある。

ただアリスは、先週このキャンプ場を訪れた際に、スマホを置いて帰ってしまったらしい。

なので取りに来るのを口実に、今週もまたここでキャンプする予定だったようだ。

それに、私たちも同行しているわけだ。

ちなみにそのアリスは、紛失したスマホを回収しに、管理棟に行っている。

「わざわざ一緒に来なくても、スマホを回収したアリスに防犯カメラの映像を送ってもらえば良かったんじゃない？」

「でもここは電波が届かないから、映像が送られてくるのは早くても、キャンプ場からアークに戻る明日の夕方以降になるのでしょう?」

「一刻も早く確認したいじゃないですか！　何よりせっかくだから、日帰りでもキャンプしたいじゃないですか！」

「本心は後者でしょ」

キャンプに対する意識は、どうやらアニスとネオンの間で大きく異なるようだ。それをラピが指摘する。

「アニスはキャンプに興味なさそうね」

「そうねぇ……良い景色だとは思うけど、寝るのにも食べるのにもわざわざ手間のかかることをするのは、正直理解できないわ。あと何より、虫がイヤ！　もう！」

そう言ってアニスは目の前を通り過ぎる蚊柱を、鬱陶《うっとう》しそうに手で払っていた。

ふと、ルドミラを見る。アニスの声が聞こえていたのだろうか、ペグを打っているその表情は少し残念そう。そして、聞こえるか聞こえないかくらいの声で呟《つぶや》いていた。

「残念ね。せっかくだから、みんなでお茶会でもと思ったけど……」

「お茶会……？」

「あ、女王様！　設営なら私も手伝ったのに――っ！」

管理棟から戻って来たアリスは、ペグを打つルドミラを前に両手を上げて驚く。

「いいのよアリス。しもべが手伝ってくれたから。それより、スマホは戻ってきた？」

その問いにアリスは、なぜかビクッとしたのち、しどろもどろで答える。

「え、ええっと、あのですね、ちょっと手続きに時間がかかってるらしくて……まだ戻ってきてないです！　はい！」

「え、そうなの？」

「忘れ物を返すのに、そんな手続きとかある？」

アニスが追及すると、アリスは動揺した様子で滝のような汗を流す。

「それはあれです！　個人情報のアレとかがあって……とにかく、もうちょっと時間がかかるそうです！　だからお茶でもしながら待っていましょう！　そうしましょう！」

「んん……？　アリス？」

アニスが一歩近づくと、アリスは一歩後退。決してアニスに瞳を合わさない。目線をあちらこちらへと泳がせている。

「そ、そうだ！　女王様がテント設営しているなら、私は火おこしの材料を取ってきますね！　それでは――っ！」

アリスは逃げるようにサササ――っと茂みの方へ走っていった。

明らかに様子がおかしい。それを感じ取ったアニスたちカウンターズは、アリスを追いかけて行く。

テントの設営はもうひとりでもできるとルドミラが言うので、私もアリスを手伝ってくると言い、彼女たちについていくことにした。

「松ぼっくりや枝を拾ってくださいーっ！　できれば湿っていないもので！」

火おこしのための材料調達として、私たちは茂みの中を散策する。

「アリス！　このキノコは食べられるんですかね！」

「ダメです！　あまり詳しくない人がキノコを採って食べるのは良くないです！　私も過去に変なキノコを食べて、女王様にご迷惑をおかけしちゃったので！」

「食べたのね……」

「ちなみにどうなったのですか？」

「体が火照《ほて》って、服を次々に脱ごうとしてしまっていたらしいです！」

「それは恐ろしいキノコですね……っ！」

ネオンはアリスと同様、この状況を楽しんでいる。ラピは黙々と、時折ふたりの会話にツッコミを入れながら、松ぼっくりなどを集めている。

ただ虫が苦手らしいアニスは、虫を見つけては「ヒィッ！」と言って私にしがみつく。

「も――――、なんで私がこんなことを！」

「自分でついてきたのだろう？」

「……そうね。ならとっとと本題に入りましょう。ねえ、アリス？」

「はいー、なんでしょー？」

アニスは、ドングリの採取に夢中のアリスへ、自然な口調で尋ねた。

「いま何時か分かる？」

「はいはいー、十四時半すぎですよー」

「やっぱり、スマホ持ってるじゃない」

「……はっ！」

時間を聞かれてとっさにスマホを取り出してしまうのは、現代人の癖らしい。

見事にアニスの罠にハマったアリスは、スマホを握り締めたまま涙目で震えていた。

「ご、ご、ごめんなさい――――っ！　私、嘘をついてました――――っ！」

「狡猾《こうかつ》ですねぇアニス。こんなにも純粋なアリスを騙《だま》すとは」

「人聞きの悪いこと言わないでよ！」

「ふえ――――んっ！」

己の失態と罪悪感からポロポロと涙を流すアリス。それにはアニスも狼狽《ろうばい》していた。

「う、嘘ついたのは許すから……その理由を教えてよ」

「そうね。どうして、まだスマホを受け取っていないなんて、小さな嘘をついたの？」

ラピはアリスの背中をさすって落ち着かせながら、優しく尋ねた。

するとアリスは涙声で、ポツリポツリと告白していく。

「だって皆さん、防犯カメラの映像を見たら、すぐに帰ってしまいそうだったから……」

「すぐ帰っちゃダメなの？」

「はい……女王様と一緒に、お茶会を楽しんでもらいたかったんです……」

「お茶会？」

思いがけない単語に、アニスは首を傾《かし》げる。

「はい……焚《た》き火を囲んで、紅茶を飲みながらおしゃべりを楽しむ会です……」

「わぁ、楽しそうです！」

「でもなんで、嘘をついてまでお茶会に参加させようとしたの？」

「それは、お茶会が大好きだからです……女王様が」

「ルドミラが？」

そこからアリスは、少し前にあった出来事を語り始める。

なんでもキャンプ部にはつい最近、新入部員が数名入ってきたのだという。

アリスとルドミラは彼女たちを喜ばせようと、キャンプ場へ連れてくると精一杯もてなそうとしたのだという。

しかし結果として、その日を境に新入部員は来なくなり、またふたりきりになったという。

「なんで？　何があったのよ？」

その問いに、アリスは答えにくそうに告げた。

「実は、女王様がお茶会の準備をしていた際に、ガスストーブを操作しようとして……」

「ま、まさか？」

「はい、爆発しました」

「ええ……？」

「女王様は機械音痴なので……」

だからそれは機械音痴とはまた違うと思うのだが。何かの異能力者なのではないか。

「そりゃ新入部員も来なくなりますね……」

「ですがその件で女王様は、意気消沈していらっしゃったので……元気付けるために、皆さんとお茶会を楽しんでもらいたく……」

「なるほど、そんな目的で嘘を」

そこまで話すと、アリスは再び涙ぐみ、深く頭を下げる。

「でもだからと言って、ウサギさんやウサギさんの仲間の皆さんを騙《だま》すようなことをしては、いけませんでした……本当に申し訳ございませんでした……っ！」

嗚咽《おえつ》まじりの謝罪を前にしては、カウンターズの三人も神妙な面持《おもも》ちで沈黙。

私は、一連の話を聞いた上での素直な感想を口にする。

「アリスは、ルドミラが大好きなんだな」

アリスは何度も頷《うなず》いた。

「女王様は私がアークに来てからずっと、よくしてくださいました……あまり人と馴染《なじ》めない私によく話しかけてくれて、キャンプ部に誘ってくれて……女王様がいたから学園でも楽しくいられたのです……」

「そうか」

どうやら私が思っていた以上に、アンリミテッドのふたりの絆《きずな》は深いようだ。

「お茶会、楽しみだな」

「えっ……」

私がカウンターズの三人に目配せすると、ネオンとラピはすぐさま頷く。

「ええ。綺麗《きれい》な景色を眺めながらいただく紅茶は、格別でしょうね」

「ですね！　きっと女子寮の自販機の紅茶の、何百倍も美味《おい》しいでしょう！」

そしてネオンは、少し意地悪な笑顔でアニスの方を向き、「ね？」とパスを送る。

アニスはそんなネオンを睨《にら》みつつ、決まり悪そうな表情でアリスに告げた。

「お、美味しいお茶菓子はあるんでしょうね!?　そのお茶会！」

アリスは頬に伝う涙を拭い、ズズッと鼻をすすると、満面の笑みで答えた。

「もちろんです！　楽しみにしていてください！」

私たちは湖のほとりへ戻ると、すぐにお茶会をしようとルドミラに提案する。

ルドミラは目を丸くしていたが、途端に嬉《うれ》しそうな表情を浮かべる。そうしてみんなでお茶会の準備を始めた。

「あ、私マシュマロ焼きたいです！　マシュマロ！」

「いいですね！　もちろん持ってきていますよ！」

「じゃあ竹串で刺して、下ごしらえしておきましょうか」

「わっ！　この紅茶、お高いやつじゃない！　アリスの作ったクッキーと合いそうね！」

アリスとカウンターズはかしましく用意をしていく。

そして私はルドミラのそばで、火おこしを手伝っていた。

「……あら？」

ふと、ルドミラは立ち上がり、三歩ほど歩いて何かを拾う。

「これ、アリスのスマホじゃないかしら？」

「……あっ」

そのピンクのスマホカバーには、ウサギの耳がついている。いかにもアリスが好きそうなデザインである。性懲《しょうこ》りもなく、また落としたらしい。

「えっと……先ほど火おこしの材料を集めに行くついでに、管理棟に行って受け取ってきたようだぞ」

「……ふふ、そう」

ルドミラは見定めるような目で私を見て、意味深に笑った。

その笑みが、すべてを察して滲《にじ》んだものか否か。それを聞くのは野暮《やぼ》だろう。私は彼女から目線を外し、小さく一言。

「お茶会、楽しみだ」

「そう言われたら、しもべのためにも腕によりをかけて、美味《おい》しいお茶を淹《い》れなければね」

「そのための火おこしなのだな」

「ええ。これを使ってね」

ルドミラは細長いポットを掲げて見せた。それを焚《た》き火にかけお湯を作るようだ。以前のガスストーブ爆発の失敗を繰り返さないために。

「それにしてもアリスったら、またすぐ落として。そんなんだからよくスマホを無くすのよ」

「そうなのか」

「大切な防犯カメラの映像も入ってるのにね。あなたが預かっていなさい、しもべ。私は手が離せないから」

「分かった」

ルドミラから受け取ったアリスのスマホを、私はポケットにしまう。

そこでふと——まるで走馬灯のように、断片的な記憶が蘇《よみがえ》る。

『指揮官。ルドミラは、機械音痴でして』

『機械音痴……？』

『はい。なぜかは解明されていませんが、彼女が機械に触れると故障したり、最悪の場合爆発したりするのです』

そしてつい先ほどの会話。

『実は、女王様がお茶会の準備をしていた際に、ガスストーブを操作しようとして……』

『ま、まさか？』

『はい、爆発しました』

『ええ……？』

『女王様は機械音痴なので……』

気づいた時にはもう、遅かった。

ポケットから再度取り出した、アリスのスマホ。

ルドミラが拾って、私に預けてくれたスマホ。防犯カメラの映像が残されているスマホ。

それは現在私の手の中で、プスプスと煙を上げていた。

「………」

「しもべ、そこの枝を取って……しもべ？」

「……ああ」

「どうしたの？　ボーッとして」

「いや、アレだ。お茶会が楽しみだなぁと」

「ふふ、気が早いわね」

そう笑いかけるルドミラに、私もできる限りの作り笑顔で応える。白煙を上げるスマホを、背後に隠しながら。

つくづく、私は思うのだった。

せめて、爆発しなくて良かったと。

――ボンッ！

「わっ、指揮官様！　なに今の音！」

「おならですか⁉　師匠のおならですか⁉」

「あははー、やめてくださいよウサギさーん！」

「…………」

手は火傷《やけど》したが、お茶会でいただいた紅茶は絶品であった。

第四話　スノーホワイト

話を整理しよう。

一週間ほど前のこと。ニケ学園の敷地内《しきちない》にある女子寮にて、およそ千枚にも及ぶパンツが、一夜にして盗まれる事件が起こった。

私はアンダーソン副校長の指令によりカウンターズやワードレス、シフティーと共に捜査。その結果、倉庫内に隠されている盗難品を発見した。

そしてその倉庫へと至る道の途上には、アンリミテッドが所属するキャンプ部の部室の防犯カメラが設置してあった。

しかし防犯カメラは何者かによって破壊され、映像を記録したレコーダーも盗まれていた。ただその映像は、アンリミテッドのアリスのスマホにも転送されていたのだ。

そうしてやっと犯人の姿を確認できると思ったが……不運なことに、アリスのスマホは故障した。あれは本当に不運な出来事だった。誰も悪くない。私たちはそう受け止めている。

よって現在私たちは、故障したアリスのスマホを前に、途方に暮れていた。

「ぱっと見では故障してるようには見えないから、ルドミラは気づいていないみたいね」

「ええ。アリスには私から話しておいたわ」

「大規模な爆発に発展しなかったのが、せめてもの救いですね。ルドミラを悲しませずに済みました。お茶も焼きマシュマロも美味《おい》しかったですからね」

しつこいようだが、機械に触れたら爆発するとは一体どんな事象なのだ。

何度タップしてもボタンを押しても、スマホは黒画面のまま。この中に防犯カメラのデータが入っているというのに、もどかしい話だ。

「データだけでもサルベージできないの？　シフティーとか得意そうじゃない」

「シフティーにはすでに診てもらったけど、ダメだったわ。もっと専門知識と技術のある人でなければ、難しいみたい」

「となると、マイティツールズですかね」

マイティツールズ。私はまだ会ったことはないが、発明的な機械の製作を行っているというニケのチームだ。盗難事件の犯人が、大量のパンツを圧縮し収納していた『ギュッとする君』を開発したのも彼らだとか。

あれだけの物が作れるのだから、スマホの修理やデータの復元ならば可能なのだろう。

だが、気がかりもある。

「マイティツールズに頼むのは、最善ではないかもしれない」

「え、なぜですか師匠？」

「ええ、私もそう思うわ」

私の意図を理解してか、ラピが追随《ついずい》して説明する。

「マイティツールズに修理などを頼む時には、一度学園を通す必要があるでしょう？」

「ええ。彼らが有能すぎるがあまり依頼が殺到することもあり、その調整のためですね」

「あとは悪質な依頼をする輩《やから》もいたりするから、その対策の意味もあるらしいわね」

「つまりマイティツールズの力を借りるとなると、その内容が大っぴらになる。そうなればアンリミテッドやマイティツールズに迷惑がかかるかもしれないんだ」

「え、なぜですか?」

ラピの声は少し小さくなる。

「考えてもみなさい。手がかりを消すためとはいえ、無関係のキャンプ部の防犯カメラを破壊するような犯人よ?」

「な、なるほど……私たちがマイティツールズに依頼すると知ったら、何をしでかすか分からないと……?」

「考えてみたら犯人は大量のパンツだけじゃなく、『ギュッとする君』も盗んでいるし、あげく防犯カメラまで破壊してるのよね……自分を守るためならいくら罪を重ねても気にしないって感じの行動ね」

「なりふり構わない人って怖いですよねぇ」

犯人像がうっすらと浮かび上がったところで、私は今後の捜査を巡り、新たな方針を示す。

「私たちは、できる限り秘密裏に捜査をしよう」

「そうですね。公に誰かを頼ったりすれば、そちらにも危害が及ぶかもしれないですから」

「穏やかじゃなくなってきたわね……」

「でもそしたら、アリスのスマホはどうしましょう？　大っぴらにならず、データの復元を頼める人物なんて……」

私やアニスは腕を組み、「うーん……」と頭を悩ませる。

そこでラピが、とある提案をした。

「依頼できるか、というより遭遇できるかも怪しいですが……そういうのが得意な人物に、ひとり心当たりがあります」

＊＊＊

私たちはニケ学園を飛び出して、アーク内の飲食街に来ていた。

ラピによればこの辺りに、スマホのデータを復元できる人物がいるかもしれないとのこと。

「その人物もニケなのだろう？　ならば学園内を探したほうが早いのでは？」

「いえ、彼女は一定した周期でアーク内を巡っています。目撃者の情報をまとめる限り、現在はこの辺りにいるはずかと」

「なぜそんな衛星のような動きを……？　一体そのニケは何を目指して、アーク内を巡礼しているんだ？」

「美味《おい》しい匂いがする場所です。ショッピングモールのフードコートや、学園内の学食など」

「？？？」

いまいち話が見えてこない。犬か何かの話をしているのだろうか。

「ちょっとネオン！　いま私のをつまみ食いしたでしょ！」

「んぐんぐ……またシフティーに食べ過ぎだと怒られないように、調整してあげたのですよ」

「大きなお世話よ！　あんたのも寄越しなさい！」

「あああああっ、なんということを――――っ！」

目を皿のようにして当該ニケを探しているラピとは対照的に、アニスとネオンは買い食いの真っ最中。互いが手に持つタコ焼きとチーズハットグを奪い合っていた。

任務の最中とはいえ、食欲を刺激する誘惑には勝てなかったようだ。

「あなたたち、真面目に探しなさい」

「もぐもぐ。別に食べながらだって探せるじゃん？　指揮官様も何か食べたら？　あのお店のフライドポテトとか美味《おい》しいよ？」

「お気をつけください師匠。そう言って師匠に買わせ、『一口ちょうだい』と一口どころでない量を強奪するのがアニスの手口です」

「えー、そんなことしないけどー？」

「……この辺りを一通り探し終わったらな」

「やったーっ！」

大喜びでタコ焼きをポンポンと口に放っていくアニス。

これはまた、シフティーに小言を言われるだろうな。

「それにしても、本当に彼女、この辺に現れるの？　神出鬼没って噂《うわさ》も聞くけど」

「確度の高い情報よ。とはいえたまにイレギュラーな動きをするらしいから、行動範囲が読みにくいのだけれど」

先ほどから野生動物の習性について論じているように聞こえるのだが、私たちがいま探しているのは本当に人間なのだろうか。

「いま一度聞くが、そのニケというのは——」

その時だ。

私たちは、衝撃的な光景を目の当《ま》たりにした。

「二度と来るでねえって言ったべや！　こんバケモンが————ッ！」

ド————ンッ！　ドンガラガッシャ————ンッ！

目の前の中華料理店から、そんな叫び声と轟音《ごうおん》が聞こえてきたかと思うと、店内からひとりの女子が吹き飛んできた。

彼女は道に重ねられていたビール瓶のケースを次々になぎ倒していくと、最後には壁に叩《たた》きつけられた。

「な、な……!?」

「何が起こったのですか!?」

とにもかくにも私たちは、その女子に慌てて駆け寄る。

しかしその彼女は、凜《りん》とした表情で一言。

「なぜだ」

シンプルに疑問を呈していた。

「おめえは出禁だって言ったべや！　けぇれけぇれ！」

中華料理店の店主はそう吐き捨てて、店の中へ引っ込んでいく。その腕には対強盗用の巨大空気砲が携《たずさ》えられていた。それで彼女を吹き飛ばしたらしい。

壮絶な場面に出くわしてしまった。なんて酷《ひど》いお店だろう。抗議すべきだろうか。

「見つけた、スノーホワイト」

「え?」

彼女を見て、ラピがそう言った。

スノーホワイトと呼ばれた女子は、綺麗《きれい》な瞳で私たちを見て「なんだお前たちは」と言う。

どうやら彼女が、探していた巡礼者のようだ。

「え、餃子《ギョーザ》を百皿……?」

「ああ、それがなんだ」

近くの公園にて、スノーホワイトから事情を聞いてみると、思いもよらない真実を知る。

スノーホワイトは以前、先ほどの中華料理店にて食べ放題があると知り入店した。そうしてなんと二時間ほどの間で、餃子を百皿も食べ尽くしたと言う。

「そりゃ出禁になるわよ……」

「なぜだ。食べ放題と謳《うた》っていたのだから、私はそのルールに則《のっと》っただけだ。餃子もラーメンもチャーハンも注文するだけ出てきたのだから」

「え……ラーメンとチャーハンも食べたの？」

「ああ。流石《さすが》に両方、百人前は食べなかったぞ？」

「そこまでいったら、同じ人間として接していなかったわ……」

スノーホワイト。彼女はとんだ大食漢らしい。ニケはみんな、個性的である。

「それで、私に何の用だ？」

スノーホワイトは決して友好的な顔を見せない。淡々と、どこか冷たく私たちに接する。

「ああ、実は君に頼みがある。と、その前に、君はどのチームに属しているんだ？」

私がこう尋ねると、不意にラピやアニスたちがピリっと表情に緊張感を映す。

スノーホワイトは私をじっと見つめると、短く答えた。

「私はどのチームにも属していない。ピルグリムだ」

「ピルグリム？」

聞き慣れない言葉を耳にし、私はラピに目を向けると、彼女は丁寧《ていねい》に説明してくれた。

基本は学園内でチームを組むことが多いニケだが、何らかの理由があり、ひとりで行動するニケもいるという。

彼女たちを、ピルグリムと呼ぶ。スノーホワイトもそれに該当するらしい。

試験など複数人で組む必要がある際は、ピルグリムの中で一時的にチームを組むらしいが、大抵はひとりで訓練などを受けているのだ。

「そんなことが可能なのか……？」

「基本的に孤立したニケは、学園側が介入して適当なチームを組ませるの。でも中にはチームを組む必要がなく、むしろ下手に組ませれば仲間の個性を消して実力に蓋をしてしまうほど、強すぎるニケがいる。いわば学園が持て余すほどの存在、それがピルグリムなのよ」

「……そうか」

「説明は済んだか？」

スノーホワイトはさして気にする様子もなく、真顔のままだ。

「改めて聞く。新人指揮官率いるニケたちが、私に何の用だ」

「…………」

彼女に聞きたいことは山ほどある。ひとりで大変ではないか、寂しくはないかなど。

しかし彼女の、すべてを受け入れているような達観した顔を見てしまえば、それらの言葉は呑《の》み込む他なかった。

「ああ、実は頼みがあるんだ。このスマホなのだが……スノーホワイト?」

不思議な出来事が起こった。

ゆっくりゆっくりと、スノーホワイトが滑らかな動きで膝をつき、地面に突っ伏した。

「ど、どうしたスノーホワイト……?」

「地面で寝てはバッチいですよ?　何しているのですか?」

「腹が」

「え?」

「腹が、減った。動けん」

「…………………」

とにかくもう、ひたすら腹ペコな人生を送っているらしい。


驚くべきことに、この近辺で食べ放題を行っている飲食店のほとんどから、スノーホワイトは出禁を食らっていた。一体何を食べて育てば、そんなにも大食いになるのだろう。

「食べ放題以外ではダメなのですか?」

「たまに無性に腹が減る時があるんだ。そういう時は一人前では到底足りず、何人前も注文できるほど経済的な余裕もない。ゆえに食べ放題という選択肢しかないのだ」

「もうプロのニケじゃなく、大食いファイターでも目指せば？」

そうして腹ペコで動けないスノーホワイトを引きずってやってきたのは、唯一彼女が出禁を食らっていない食べ放題のお店。アニスが案内してくれた。

「なんだこれは。ケーキばかりではないか」

「ケーキバイキングだからね」

「甘いものでは食べた気にならない」

「文句言わずに食べなさい！　あんたのために来てんだからね！」

スノーホワイトはスイーツにあまり興味がないらしい。唇をわずかにへの字に曲げながらもトレイに色とりどりのケーキをいくつも積んでいた。

「久々に来ましたねぇ、このお店。んー、おいしーです！」

「はー最高！　何個でも食べられそう！」

「食べ過ぎないようにね」

「分かってるわよ。シフティーが怖いからね」

カウンターズの三人は顔を綻《ほころ》ばせながらケーキを頬張る。みな甘いものが好きなようだ。

一方でスノーホワイトは特にリアクションもなく淡々と食べ続けていた。

「指揮官様はそんなもんでいいの？　せっかくの食べ放題なのに」

私は小さなケーキを三つほど皿に載せ、コーヒーと共に口に運んでいた。

「ああ。甘いのはそんなになのでな」

「ふーん、もったいないねー」

そこでふと、スノーホワイトが私の目をじっと見つめてくる。表情に起伏がなく、何を考えているのか分からないため、少々不気味に感じてしまう。

「そろそろ言え。私に何を頼みたい。叶《かな》えてやるとも限らないが、話くらいは聞いてやる」

「……そうだな」

私はポケットに手を入れ、アリスのスマホを握る。

が、あえて取り出さなかった。

「私は、君の話が聞きたい」

「……何?」

「指揮官様?　どうしたの急に」

スノーホワイトとカウンターズの三人は、ケーキを食べる手を止めて私を見る。

「君がピルグリムでいる理由について知りたいんだ」

「……なぜだ?」

「指揮官だからだ」

「カウンターズの、だろう?」

「ああ。しかし、学園内のすべてのニケに耳を傾けたいとも思っている。それがイチ指揮官としてのあるべき姿だから」

スノーホワイトは怪訝《けげん》な表情。私の真意を窺《うかが》っているような目だ。

「施《ほどこ》しを受ける気はない。私はいまのスタンスで満足している」

「なら、どのような経緯からピルグリムになったか、教えてもらえないだろうか。今後また別のピルグリムと知り合った際の参考にしたい」

「……何なんだお前は」

カウンターズの三人はハラハラとしながら私とスノーホワイトを見比べている。それくらい触れ難《にく》い話なのだろう。

だからこそ私は、踏み込む必要があると考える。

ひとりでいることを選んだスノーホワイトの、その心へ。

「……つまらない話だ」

スノーホワイトは端的に語る。

彼女がアークに来てすぐの頃に入ったチームでは、けっこううまくやれていたらしいが、事情があって解散となった。

それ以降、その実力からあらゆるチームに誘われ所属していたが、どこでも相性が合わず、解散や離脱を続けていった。

その結果、スノーホワイトはピルグリムになることを決めた。

チームでいることを、他者と関わることを、諦《あきら》めたのだ。

「ちなみに、どうして他のニケと相性が合わなかったんだ？」

「食に関して、とやかく言われることが多かった」

「ああ……食べる量で？」

「それもあるが、虫を調理して食べていたら引かれたこともあった」

「ヒィッ！」

アニスが思わずといった様子で悲鳴を上げる。スノーホワイトは「まさにそんな感じだ」と冷淡に言う。

「イナゴか何かか？」

「ああ、佃煮にするとうまい。小腹が空《す》いた時にちょうどいい」

「昆虫食の話はいいから！」

ニケは個性が強い者が多い。学園に来て数週間、身を以《もっ》て学んだことであるが、スノーホワイトもまた強烈な個性の持ち主である。

だが尖《とが》り過ぎた個性は、チームにおいては異物になりうる。ユニにとってのミハラ、アリスにとってのルドミラのように、受け入れられる相手がいなければ。

「ちなみに、補足すると」

ラピが言う。

「スノーホワイトが学園に来て最初に所属していたのは、中央ニケ学園の歴史上でも、最強の呼び声が高いチームだったようです」

「ああ、確かに。伝説のチームだったとは聞くわね。よく知らないけれど」

「そうなのか」

そんなチームがなぜ解散に、と疑問に思ったが、スノーホワイトの顔を見ると尋ねることはできなかった。

「………」

彼女は寂しげな瞳で、窓の外に広がる夕焼け空を見つめていた。

その目で、その表情だけでは、件《くだん》のチームに何があったのか、窺《うかが》い知ることはできない。

しかしきっと、スノーホワイトにとってそのチームでの日々は、かけがえのないものだったのだろう。それだけは理解できた。

「そうだな……あのチームにいた時は、まぁ、楽しかった」

スノーホワイトは消え入りそうな声で呟《つぶや》いた。

「こんな風に皆と食卓を共にし、毎日騒がしく……」

そこで、彼女の言葉は途切れる。眼下のケーキをしばし見つめ、沈黙していた。

再び顔を上げて私を見るその瞳は、元の凛々《りり》しい色に戻っていた。

「もういいだろう。そんなことを聞くために、わざわざ私にコンタクトを取ってきたのか」

「いや、あなたに頼みがあって……指揮官？」

不意に私が立ち上がると、ラピは目を丸くする。

「どちらへ？」

「ケーキを取りに行く」

「え？」

「指揮官様、甘いもの苦手なんじゃないの？」

「いや、食べたくなった」

私はカウンターズへ、まっすぐに視線を送る。

「せっかくのバイキングなのだから、君たちも楽しむといい。任務の話などは、別にいつでもできるのだから」

その言葉に、カウンターズ三人は目を見合わせる。

そして、すべてを承知したかのように三者三様の笑顔を見せた。

「確かにね！　堅い話なんて後々！」

「私もスノーホワイトに負けてられませんからね！　どんどん食べましょう！」

「ええ、今日くらいはね。スノーホワイトも行きましょう。もう皿が空よ」

「ああ……だが頼みというのは？」

「まだいいだろう。今は全員で、ケーキを楽しもうじゃないか」

スノーホワイトはキョトンとした様子。しかしすぐに、表情は変化する。

ほんのり、笑みを浮かべていた。

「……変わった連中だな、お前らは」

そう言うとスノーホワイトも、立ち上がった。

その後、時間が許す限り私たちは、ケーキバイキングを楽しんだ。

色とりどりのケーキを食卓に並べ、取るに足らない、明日には忘れていそうな話を止めどなく続けた。

スノーホワイトは決して積極的に会話には入ってこなかったが、カウンターズのかしましいやりとりをどこか微笑《ほほえ》ましそうに眺めていた。

「久々に、愉快な食事だった」

帰り際、スノーホワイトは小声で私にこう告げた。

「そうか、良かった。またみんなで来よう」

こう言うと、スノーホワイトは少し迷いながらも、小さく頷《うなず》くのだった。

＊＊＊

「なんですか、この数値は」

「「「…………………」」」

翌日、シフティーがカウンターズの居室に現れた。

カウンターズや私の今朝の体重が表示されているのだろう、タブレットを携《たずさ》えて。

「シフティー、これには訳が……」

「正座」

「え？」

「正座です」

「はい……」

それから一時間ほどの間、私たちはシフティーからの愛ある説教を受けたのだった。

しばらく、糖質と脂質が恋しい日々を送ることになりそうである。

その日の深夜のことだ。

「おい」

不躾《ぶしつけ》な声に目を覚ますと、目の前にスノーホワイトが立っていた。

「ッ……!?」

何度確認しても、男子寮の、見慣れた私の部屋。

夢かと思ったが、それにしてはスノーホワイトの解像度が高すぎる。

「ス、スノーホワイト……？」

「データの復元が完了した」

そう言ってスノーホワイトは、私に切手サイズの記憶媒体《ばいたい》を手渡す。

例の映像について、ケーキバイキングからの帰り道で依頼していたのだ。

「ありがたいが……なぜ今？」

「早いほうがいいと思った。それに、秘密裏に捜査しているのだろう？」

そうだが、ここまでの隠密《おんみつ》行動を求めたつもりはなかった。

「ど、どうやって入ってきたんだ……？」

「そんなことより、ひとついいか？」

「なんだ？」

「腹が減った」

「…………」

備蓄していたカップ麺を三つ食べさせると、スノーホワイトは帰っていった。

第五話　プロトコール

「さあ、いよいよ犯人の姿を拝めるってわけね！」

アニス、そしてラピとネオンも興味津々《きょうみしんしん》といった顔で、居室のディスプレイを凝視《ぎょうし》する。

日付が今日に変わってすぐの頃。防犯カメラの映像の復元を頼んでいたスノーホワイトが、私の部屋を訪れた。復元が完了したとのことで、データを渡しにきてくれたのだ。

朝方その映像を居室で確認すると、私からカウンターズへ連絡したところ、座学前にもかかわらず三人全員が集合していた。

「そりゃ見たいじゃない！」

「あれだけ苦労して手に入れた防犯カメラのデータですからね」

「美味《おい》しいごはんを代償にして、ですね……っ！」

声に力がないネオン。この部屋では先ほどから何度も、ぐぅ～という腹の音が鳴っている。

朝食はヨーグルトのみと、シフティーに指示されている。その弊害が如実《にょじつ》に出ていた。

「こんな思いをしてるのは、すべて犯人のせいだからね……っ！」

「そうかしら」

「そうですよ！　とっととそのツラ拝んでやりましょう！」

そうして再生を始めると、三人は食い入るように見つめる。

大量のパンツが隠されていた倉庫へ通じる坂道を映した映像。まずは事件当日から私たちが現れるまでの期間を早送りで流す。

「……誰も、登りませんね」

「ええ。坂の下を通っていく人は見られるけど、登っていく人はひとりもいないわ」

「もう丸一日分、見たわよね？　誰ひとり倉庫に近づきもしないって、それはそれでどうなのよ。防犯的な面で」

「それはまぁ、警備ロボットもいるから」

学園の敷地内《しきちない》では防犯用に、ドラム缶型の警備ロボットが巡回している。それが坂を登っていく様子は、何度か映像に残っていた。

しかし、人の姿は一向に見られない。そしてついに……。

「あっ、私たちとワードレスです！」

「ウソ！　じゃあここで終わりってこと!?　誰ひとり倉庫に行っていないじゃない！」

「そんなバカな……」

まさかの結果に、カウンターズ三人は揃《そろ》って驚愕の表情を見せる。

拍子抜けとはこのこと。防犯カメラの映像には、怪しい人物はひとりも映っていなかった。

そしてついに、決定的な映像が流れる。

「うわっ、パンツ雪崩《なだれ》だ！」

「ああ、師匠が大量のパンツと共に転げ落ちていきます！」

「これ、衝撃映像としてSNSに投稿すれば、そこそこ稼げそうね」

『ギュッとする君』から弾《はじ》け出た千枚のパンツに巻き込まれ、私が坂の上からフレームインからのフレームアウト。人生史に残る出来事がしっかりと記録されていた。

いや、それどころではない。

「ちょっと待ってよ。じゃあ女子寮からかき集められた大量のパンツは、どうやってあの倉庫に運ばれたのよ」

「まさか、パンツ瞬間移動……!?」

「アホか！　それよりも、防犯カメラの映像に何か細工がされたんじゃない？　フェイク映像ってやつ？」

「いや、だとしたら防犯カメラを壊したり、レコーダーを盗んだりする必要がないわ」

「あ、そっか……」

「じゃあそのカメラを壊した瞬間も、映ってるんじゃないですか？」

「そうよ！　今度こそ犯人が映ってるはず！」

そうして私たちは、雪崩《なだれ》となったパンツが回収され、意識を失った私がタンカで運ばれていった後の映像も確認していく。

すると、私たちがキャンプ部を訪れた日の、夜明け前のことだ。

「あっ、何!?　急に映像が途切れた！」

「一瞬、すごい衝撃が走ったように見えましたね」

「おそらくだけど……銃か何かで撃ち抜かれたんだと思う。その後で入念に殴打《おうだ》されて、破壊されたんじゃない？」

「そしてその後で、キャンプ部の部室に忍び込んでレコーダーを盗んでいったと……」

「くぅ――、なかなか尻尾《しっぽ》をださないわね！」

パンツ盗難事件の犯人を特定するため、あちこちに出向きあらゆる人物に協力してもらい、やっとの思いで入手した防犯カメラの映像だが……厳しい現実が待っていた。

「もう一回最初から確認してみましょう！　何かの見落としがあるかもしれない！」

「座学までまだ時間はありますからね！」

そうして今度は事件よりも少し前から、より目を凝《こ》らして映像を確認する。

しかし坂を登るのは警備ロボットばかり。誰ひとりとして坂に足を踏み込まない。

またも再生されるパンツ雪崩。回収されるパンツ、搬送される私。

そしてしばらくすると、またブツっと映像が途切れた。

「そんな……本当に、何の手がかりもないの……？」

「念のため、誰かに映像の解析をしてもらいましょうか……？　万が一、フェイク映像だったことを考えて……」

「そうね、あらゆる可能性を考えるべき……」

「そう！　可能性は無限！　そこからたったひとつの真実を見つけ出すのが、探偵なのであります！」

突如《とつじょ》として聞き覚えのない、誰よりもトーンの高い声が居室に響いた。

振り返ると、そこにはキャスケット帽をかぶった少女が、自信満々な笑顔で立っていた。

私は見覚えがないが、カウンターズの三人は知っているらしい。一斉にギョッとする。

「ノベル!?　あなたいつからいたの!?」

「映像を見始めた時からですよっ！　言葉尻を捉える限り、皆さんにとっての二回目の鑑賞でありますかね！」

「じゃあ最初から最後まで見たのね……気づかなかったわ」

「あ、師匠はご存知ないですよね。彼女はノベル。プロトコールというチームのニケですよ」

「そうか。よろしく」

「よろしくです！　ワトソン！」

「ワ、ワトソン……？」

突然何のゆかりもない名前で呼ばれては、困惑するというもの。そんな私を見かねてネオンが補足してくれる。

「ノベルはいわゆる『探偵憧《あこが》れ』でして。不可解な謎や事件があると、どこからか嗅《か》ぎつけてやってくるのです。今回もそういうことでしょう」

「ああ……ワトソンとは、そういう……」

確かに、そんな性格の彼女にはもってこいの事件だろう。このパンツ盗難事件は。

ノベルは、キラキラと輝く瞳で私たちを見つめる。

「ずるいです！　この興味深い難事件を、カウンターズだけで解決しようとするなんて！」

「ずるいなんて言われる筋合いはないけど……」

「学園も学園です！　謎めいたこの事件の解決というミッションなら、私たちプロトコールに任せるべきではありませんか⁉」

「知らないわよ」

「プロトコールはミステリ研究部から派生してできたチームなのです、師匠」

「なるほど。だからそれほど必死なのか」

それならば確かに抗議したくもなるだろう。

とはいえ今回の事件は、私に疑いがかかっていることを危惧《きぐ》したアンダーソンの配意から、私たちが担当することになった経緯があるのだ。

と、説明する間もなく、アニスがズバッと指摘する。

「そんなこと言って、あなたはまともに事件の解決なんてしたことないじゃない、ノベル」

「そ、そうなのか……？」

「そんなことないのでありますっ！　あの難事件『お胸パッド空中乱舞事件』は、私が見事に解決したのであります！」

　なんだその不気味そうな事件は。字面《じづら》だけではまったく想像ができない。というか、女性が素肌に身につける物が事件になりすぎだろうこの学園。

「そうだけどさ。プロトコールが関わった事件のほとんどはエクシアが解決したのであって、ノベルは掻き乱しただけだって噂《うわさ》もあるけど？」

「うぐっ……そ、それも誤解です！　私も事件解決に貢献しました！」

「本当に？」

「微力ながら！」

「微力じゃないのよ」

　エクシアというのも、プロトコールのニケなのだろうか。話を聞く限り、彼女の方が探偵としては優秀ということなのだろう。ぜひ会ってみたいところだ。

「ですがですが、私なりに事件の情報を収集しまして！　そして今の映像を見たことで私は、辿《たど》り着いたのであります！　この事件の真実、そして犯人に！」

「えっ!?」

　その言葉には、私もカウンターズ三人も思わずノベルに注目する。

　そのノベルは、ふんすっと自信満々な表情を浮かべると、彼女なりの推理を述べ始めた。

「大量のパンツを盗んだのは、ズバリ――警備ロボットたちなのであります！」

「……え？」

思いもよらぬ発言に、私は一瞬思考が停止した。カウンターズ三人もキョトンとしていた。

「事件当日からワトソンたちが倉庫に入るまで、坂を登った警備ロボットは計四台でした！

その四台すべてが、コツコツとパンツを倉庫へ溜《た》めていったのであります！」

「………」

おかしな意見ではない。なぜなら坂道を登っていたのは警備ロボットのみなのだから。

だがその推理には、大きな疑問が残る。

「なんで警備ロボットがパンツなんて盗むのよ」

アニスが代弁してくれた。ただノベルの瞳からはなおも自信の色が消えない。

「これは、ＡＩの反乱なのであります！」

「……ほう？」

「日頃から人にいいように操られ、フラストレーションの溜まった機械たちが、徒党を組んで巻き起こした事件なのであります！　女子のパンツだけを狙ったのは、毎日のようにニケから狙撃されているラプチャーたちの、意趣返しなのであります！」

「…………」

「これがＡＩと人間との大規模な戦争になるやもしれないと、私はここに忠告いたします！」

アニスたちが冷ややかな目をしていてもなお、ノベルは「どうですかこの推理！」といった瞳の輝きを濁らせない。

辻褄《つじつま》は合う。だがあまりに突飛な発想に、返す言葉が見当たらない。

「さて、そろそろ行かないと座学に遅刻するわよ」

「そうですねー、行きますかー」

アニスとネオンはノベルの推理をなかったことにし、さっさと居室から出て行こうとする。

ノベルは頬を膨らませ、「なんですかその反応はー！」と追いかけていくのだった。

＊＊＊

放課後、居室でひとり待っていると、カウンターズの前にノベルが元気に駆け込んできた。

「おおっ、ワトソンではありませんか！」

「ああ、ワトソンだ」

いちいち人違いだと否定するのも野暮《やぼ》なので、ワトソンを受容することにした。

師匠だったりウサギさんだったりしもべだったり、呼び名が多いのは良いことなのか。

「へへへ、ワトソンは私のワトソンなのであります！」

まぁ、ノベルが嬉《うれ》しそうなので良いか。

「それで、どうしたんだ？　また犯人特定の協力をしに来たのか？」

「犯人は分かっているのであります！　ロボットが仕掛けた人間への反乱なのであります！」

そうだ、忘れていた。今朝ノベルはトンデモ推理を披露《ひろう》していたのだった。あまりに突拍子もなかったので、脳が不必要な記憶だと処理したのだろう。

「ノベル、ひとつ聞きたい」

「なんですか、ワトソン！」

「仮に犯人がロボットたちだとすれば、なぜ女子たちのパンツを盗むなどという小規模な反乱を起こしたんだ？　私たちに直接攻撃すればいいじゃないか。殺傷能力はないが、この学園には多くの武器があるのだから」

諭すような口調で、私は指摘する。ただノベルはというと、そんな疑問は織り込み済み、とばかりに得意げな顔をする。

「それはアレです！　ロボットの手心というやつです！」

「手心……気を遣ってくれたのか」

「そうであります！　だって撃たれたら痛いじゃないですか！」

「そうか……存外、人間臭いとこもあるんだな、彼らは」

「その通りです！　話せば分かる方々なのであります！」

「そんなわけないでしょ」

カウンターズがやってきた。それぞれが呆《あき》れた表情でやってきた。

「そんな陰謀論に、本気で返さなくていいわよ指揮官様」

「あるいは新作ＳＦコメディの構想ですかね。だとしたらお付き合いしますよ！」

「陰謀論でもフィクションでもありません！　これが真実なのであります！」

茶化すアニスやネオンとは違い、ラピは淡々と推理の穴を突く。

「もし本当にこの事件がＡＩの反乱とするならば、なぜＡＩ側は犯人だと名乗りでないの？　ＡＩの仕業だと認識しなければ人間はただ混乱するだけで、ロボットへの待遇を改めないわ」

「そ、それは……きっと思いつかなかったのです！　計画を練るのに夢中で！」

「ＡＩのくせに頭悪いですね」

ネオンの辛辣《しんらつ》なツッコミには、ノベルも涙目で「ぬぬぬー……」と唸《うな》るしかなかった。

「トンデモ推理は置いておいて、本当にどうするの指揮官様。頼みの綱だった防犯カメラ映像がアレじゃあ、何も分からないじゃない」

「ここにきてイチから捜査は、精神的にきますねぇ……」

「一応だが、空いた時間で少し調べてみたのだが」

「調べたって、何をですか？」

「警備ロボットについてだ」

映像が細工されていないのであれば、倉庫に入った可能性があるのは警備ロボットのみ。

ノベルの推理ほど大スペクタクルな予想はしていないが、警備ロボットが事件に絡んでいるのではないかと考えたのだ。

「確かに、犯人が警備ロボットを使って、『ギュッとする君』を倉庫まで運ばせたと考えれば、辻褄《つじつま》は合いますね」

「警備ロボットにそんな命令ができるなんて、相当なハッキング能力がないと難しいでしょうけど……できそうな人、少なくないかもね」

いちアナリストのシフティーが、私の自室PCをハッキングできるくらいだ。警備ロボットへの命令を一時的に書き換えることが可能な人物は、探せばそれなりにいるだろう。

「ですが指揮官、あの警備ロボットにそんな器用な行動ができるのでしょうか」

「ああ、そこなんだ」

私はテーブルにとある資料を広げた。

「これは、警備ロボットの仕様書ですか？」

「ああ。警備ロボットの性能が記されている。極力誰にもバレないように調べた」

「調べてるってバレたら、犯人が何か仕掛けてくるかもしれないからね」

防犯カメラを壊すような強硬手段に出る犯人だ。思わぬ危害が私だけでなく、カウンターズのみんなに及ぶかもしれない。よって慎重に捜査している。

「これを確認したところ、学園の敷地《しきち》を巡っている警備ロボットは旧型で、決められたルートを巡る以外の細かな動きはできないらしい」

できることは内蔵のカメラで映像を記録したり、不審者などを発見したら警報を鳴らしたりペイント弾を撃ったりするくらい。『ギュッとする君』を持ち運んで倉庫内に置いて帰る、などの器用な動きはできないようだ。

「なるほど。では防犯カメラに映っていた、坂道を登っていた警備ロボットが事件に関与している可能性も薄いと……」

「そういうことだ。よってノベルによるＡＩの反乱説も成立しなくなった」

「ガーンっ！」

「ハナからそれだけはないと思ってたけどね」

「女子寮で働いてくれている家事用ロボットは、掃除や洗濯などをしてくれる器用な子なんですけどね。あと、警備ロボットと似たような形をしていますよね」

「確かに。ならそのロボットが運んだ可能性も……」

「ただ家事用ロボットは、寮の外には出られない仕様だと聞きましたよ。あくまで家庭内での家事用なので雨風や衝撃には弱いらしく、活動範囲は屋内に制限されているようです」

「そうなの……なら違うわね」

カウンターズとノベルはそろって眉間にシワを寄せ、苦悩する。

「いよいよ、パンツ瞬間移動説が濃厚になってきたわね」

「また別の新作ＳＦコメディが生まれてしまいますね」

「そういえばラピ、映像の解析はどうなった？」

今朝、座学へ向かう前にラピに頼んでおいたのだ。秘密裏に解析ができる人物に心当たりがあるとのことで。

「すでに依頼済みです。ただ取引相手は少し気分屋というか、その気になるまで時間がかかるタイプですので……解析が完了するのはもう少し先かもしれません」

「そうなのか」

「他者に情報を漏らさないという点では信頼できるので、お願いしたのですが……」

「分かった。ちなみにそれは一体誰……」

ふと、ラピのカバンから通知音が鳴った。「すみません」と一言断ってラピはスマホを確認。すると彼女は、目を丸くした。

「どうしたんだ?」

「えっと、その取引相手から連絡があり……解析が完了したとのことです」

「ウソ!　あの子、もうやってくれたの!?」

「珍しいですねぇ、どういう風の吹き回しでしょう」

どうやら相当予想外の出来事らしい。だが僥倖《ぎょうこう》という他ないだろう。

「それでは、行ってみましょう。プロトコールの居室――エクシアのところへ」

ノベルが関わるのであれば、同じプロトコールのエクシアにも頼んで損はないと思い、ラピは彼女へ映像の解析を依頼したのだという。

「賢明な判断ね。こっちはノベルの相手をしてあげてるんだから」

「ひどいですアニス！　まるで私がお荷物のようではないですか！」

「まぁ……ノベルが活躍できる場面は、また別にあるから」

「優しいようで残酷なことを言いますね、ラピは」

とにもかくにもやってきたプロトコールの居室。が、扉のすりガラスの向こうは真っ暗だ。

「エクシアは不在か？」

「いえ、きっといます」

そう言ってラピはノックする。

すると、ゆっくりゆっくり扉は開いた。ほんの五センチほど。

「待って……ました……」

五センチの隙間から見えるエクシアは、見るからに顔色が悪い。長い髪はボサボサで、目の下には濃いクマがある。口調も鈍重なところを聞くに、体調でも悪いのだろうか。

「師匠、エクシアはデフォルトでこんな感じですよ」

「えっ……」

「初めまして……初心者さん……」

新人という自覚はあるが、初心者とはまた癖のある呼び方だ。

「ああ、初めまして。ところで、なぜ出てこないんだ？」

エクシアは依然、五センチの隙間から会話を続行している。まだ顔の半分しか見ていない。

「出ていくことは……できません……」

「なぜだ？」

「眩《まぶ》しいので……」

「……そうか。分かった」

「指揮官様ってだいぶ甘いわよね」

「ニケ第一の信念によるものでしょうが、ここは普通に怒っていいと思いますよ」

エクシアはマイペースに、私へ話し続ける。

「学園に来たばかりなのに……難易度☆5のミッションを課せられて……大変ですね……」

「☆5？」

「相変わらずゲーム脳ですね」

「エクシアの場合、現実世界よりもゲーム世界の方がリアルだからね」

「言い得て……妙……」

消え入りそうな声でそう呟《つぶや》いている今もエクシアは、携帯ゲーム機を操作している。その隣でノベルが補足する。

「特に今は新作ゲームが発売してすぐなので、ほぼ現実に出てこないのであります」

「うん……やめどきがなくて……もう二十時間くらいプレイしてる……」

「二十時間？　今日の座学や訓練は？」

「気分が乗らないので……休みました……」

「ゲームがしたかっただけでしょ」

「まぁそれでも、成績いいですからねエクシアは」

「人生……メリハリ……」

もうどんな個性のニケと出会っても驚くことはないと思っていたが、それは間違いだった。どんなに様々なニケと出会ったとしても、それぞれがまったく別ベクトルで尖《とが》っているため、毎回新鮮な驚きを噛《か》み締めている。

いろんなニケがいるんだなぁ、という感想しか、結局は出てこないのである。

「本題に入るけど……解析の結果、どうだった？」

ラピの問いにエクシアは、変わらず扉の隙間から、独特な口調で答える。

「映像に……手が加えられた形跡は……ない……」

「……それじゃあ、事件前後にあの倉庫に入った人物は、ひとりもいないと？」

「限りなく……それが真実……」

犯人が細工したフェイク映像だという、微《かす》かな希望さえもなくなった。

カウンターズ三人の表情には、ほんのりと影が帯び始める。ここまで来て、またゼロからのスタートとは、厳しい事態になってきた。

　しかし、どうやらエクシアの話は終わっていないようだ。彼女は私たちが滲《にじ》ませる絶望など気にも留めず、続ける。

「ひとつ……気になることがあった……」

「気になること？」

「事件前後で……坂道を登ったロボットは計四台……そのうちの一台は……本来あの場にいるのが不思議な機体……」

「ん？　どういうこと？」

「その一台だけ……最新型の高性能ロボットだった……調べたら……女子寮と一部の校舎内にしか……配備されていないタイプ……」

「え？　そこらに配備されているってことは、家事用なのでは？」

「最新型のは……家事と警備の兼用……掃除や洗濯だけじゃなく屋外警備も……何でもできる万能タイプ……」

　それを聞いた直後、カウンターズの三人はハッとする。つい先ほども、同様の話をしていたからだ。

「家事用ロボットのように器用で、警備ロボットのように屋外で活動できる機体、ということは……」

「その最新型ロボットが、パンツの入った『ギュッとする君』を、どこかからあの倉庫へと運んで隠したということですね！」

「そしてそれを、犯人が命じた」

「その可能性が……高い……でも最新型のシステムをいじって自在に動かすくらいだから……犯人は並大抵のハッカーじゃない……」

「確かに。だが、手がかりは摑《つか》めた」

「そうです！　つまり……」

全員の瞳に希望が灯《とも》る中、ノベルが力強く言い放つ。

「私のＡＩの反乱説も、まだ生きているということであります！」

「もういいわ！」

ノベルの天然もアニスのツッコミも、まるで意に介さないエクシアは、最後に告げる。

「残念ながら……当該ロボットの管理番号までは……この映像では解析できませんでした……これ以上は疲れるので……おしまいです……それでは……」

「あ、待ってエクシア」

扉を閉めようとするエクシアを、アニスが呼び止める。

「些細《ささい》なことだけど……なんで今回はこんなに早く、仕事してくれたの？　いつもなら何かにつけて後回しにするのに」

「失礼……事実だけど……」

エクシアは淡々と、特に感情も見せず、答える。

「パンツの……お礼……」

「え？　パンツ？」

「盗まれたパンツ……お気に入りだったから……ゲームの特典で手に入れたやつ……」

そう言ってエクシアは、扉を閉めるのだった。

「エクシアはあれで、義理堅くて優しい人なのであります！」

ノベルは自分のことのように得意げな顔をする。

アニスはというと「パンツが特典って、どんなゲームなのよ……」と真っ当な意見を呟《つぶや》くのだった。

＊＊＊

ニケ学園の生徒の本分はあくまでエンカウンター。

パンツ盗難事件の犯人特定というミッションを抱えつつも、プロのニケになるための訓練をおそろかにしてはいけない。

ということで私とカウンターズは、演習を行うため校舎を移動していた。

「そうだ、聞いてよ指揮官様ー。昨日女子寮で大変だったのよー、ノベルが」

「ノベルがどうした？」

「女子寮に配備されている最新型ロボットが犯人の手がかりだって、昨日判明したじゃない？だからノベルったら、女子寮中のロボットを追いかけ回して調べてたのよ」

「大っぴらに捜査してはいけないと言ったのにね」

「そうか……まぁノベルの性格上、気持ちを抑えることはできなかったんだろうな」

実力はともかく、ノベルの探偵としての矜持《きょうじ》は本物だ。心の底から湧き上がる感情を、他人が抑えることはできまい。

「その上、ノベルが捕まえようとした拍子に、通りすがりのルドミラがそのロボットに触れてしまいましてね。ロボットは爆発して見事に大破。大騒ぎでしたよ」

「そんな二次被害が……」

ルドミラのその性質が、最も解き明かすべき謎なのではないだろうか。

そんな会話をしているうちに、演習を行う訓練場に到着した。

するとそのオペレーションルームにて、噂《うわさ》をすればの人物と鉢合わせた。

「おや、ワトソンたち！」

「ノベル。それに……」

「こんにちは……初心者さん……」

「エクシアも」

初めて全身をしっかりと確認できたエクシア。やはりというべきか、顔色も姿勢も悪い。

「プロトコールのふたりが揃《そろ》って、どうしたの？」

「演習であります！　カウンターズはどうして？」

「え、私たちも演習なんだけど……急遽《きゅうきょ》座学から変更になって」

「私たちは……元から演習だった……」

「今日はちゃんと出席してるんですね、エクシア。ゲームはクリアしたのですか？」

「まだまだ……でも……今日の演習は『視察』があるから……」

「視察？」

「YES！」

その時だ。オペレーションルームが暗転したかと思うと、色とりどりの光が天井や床に幾千も映し出される。謎にクラブミュージックも流れ始めた。

「なんですか？　急にどこかから光が……」

「……ちょっと。このミラーボールの光はまさか」

「YES！　そのまさかDESU！」

アニスが顔を引きつらせていると、突如《とつじょ》として、ミラーボールよりも何十倍も派手な格好をした男性が、華麗に踊りながら登場した。

「か、彼は……あの噂《うわさ》の……？」

「さすがに師匠もご存知でしたか。ええ、彼は……」

「ノンノン！　Ｍｅの紹介はＭｅに任せなＳＡＩ！」

ネオンを遮ると、その男性は背中に背負ったイルミネーションを一斉に輝かせ始めた。

「私は！　私こそは学園都市アークのEntertainmentを担当するテトラのＣ！　Ｅ！　Ｏ！　マスタングＤＥＳＵ！　エンタ――――テイメント！」

「………………」

とんでもなくド派手でハイテンションな自己紹介を前に、私たちは唖然《あぜん》とする他なかった。

そう。彼こそは学園都市アークの支柱である三大企業の最後の一社・テトラのＣＥＯ、マスタングである。

その噂はかねてより耳に入っていたが、実物を見ればその印象は、一層深く脳裏に刻まれるというもの。

この学園に来て様々な個性を持つ人物と出会ってきたが、最も強烈な個性を持っているのがニケでなくＣＥＯだとは、夢にも思わなかった。

「Ｏｈ、Ｎｏ。アニス、拍手はどうしましたＫａ？」

「……こんにちは、社長。お久しぶりですね」

アニスへと親しげに話しかけるマスタング。それもそのはずで、アニスはテトラ所属のニケなのだ。そしてテトラ所属は、この場にもうふたり。

「ノベルとエクシアもＤＥＳＵＹＯ」

「社長は今日も元気でありますね！」

「人はいきなり……そんなハイテンションになりません……」

ノベルとエクシアもだ。そこで私はピンと来た。

「視察とは、そういうことか」

「はい……マスタング社長が……演習を観にいらっしゃるということで……」

「社長は面倒見がいいから、テトラ所属のニケの訓練や演習を定期的に観に来るのよねー。あ、もしかして私たちが演習に変更になったのも……」

「ＹＥＳ！　アニス in カウンターズも観に来たのＤＥＳＵ！　最近は両者、仲良くしているらしいじゃないですＫａ！」

「ああ、まぁ……ノベルが付き纏《まと》ってるだけだけど」

「そういうわけで、プロトコールとカウンターズの合同演習をしてもらいまＳｈｏｗ！　指揮をするのはＹｏｕ！」

そう言ってマスタングは私を指差す。

「噂は聞いてますＹＯ！　New Commander」

「イ、イエス」

「Ｙｏｕは今、アークでＨｏｔです。ＧＯＯＤな目！」

「何かと話題な指揮官様も、見てみたかったってことね。まったく社長も急なんだから」

アニスの翻訳のおかげで、マスタングの意図がなんとなく理解できた。

とにかく私はこれから、カウンターズとプロトコールの合同チームによる演習の指揮を担当することになったわけだ。

突然任されるにしてはハードなミッションだが、プロトコールのふたりとは関わりを持ってすぐの頃に、ニケとしての能力をある程度調べて把握《はあく》している。きっと問題ないはずだ。

「準備ができ次第、フィールドへＧＯ！　Commanderの実力を見せてちょうだいＹＯ！」

マスタングは絶えず全身をキラキラとさせながら叫ぶのだった。

「レッツ、エンタ――――テイメント――――っ！」

急遽《きゆうきよ》行われることとなった、カウンターズとプロトコールによる合同演習。普段よりも難易度を上げ、負荷を高めた設定でエンカウンターを開始する。

「お宅の社長も強引ですね！　師匠やアニスの実力を見たいがために、わざわざ私たちのスケジュールを変更させるなんて！」

「でも、ただの訓練より演習の方が楽しいから良いじゃない！」

「それはそう！　火力最高ＤＥＳＵ！」

「うちの社長のマネしてんじゃないわＹＯ！」

「一〇時の方角より飛行個体が五機接近中よ」

「ラピ、そこは『接近中ＹＯ！』でしょ」

「…………」

イレギュラーな状況だが、カウンターズ三人はいつもと変わらず取り組めている。最近では事件解決のミッションで頭を悩ませることが多かったため、良い気分転換になっているのかもしれない。次々にラプチャーを撃破していた。

そして、プロトコールも。

「速戦即決で片付けるのであります！」

「リロードはＲキー……本気出しまーす……」

指揮が私という点において、カウンターズよりも変則的な状況にもかかわらず、見事な連携を見せている。

こうして見ると、豪快で怖いもの知らずだが、落ち着きがなく無駄な動きが多いノベルを、エクシアがうまくコントロールして場を掌握《しょうあく》している。

プロトコール。実に相性の良いチームだと言える。

そうしてカウンターズもプロトコールも、終始洗練された動きを見せ、ラプチャーを殲滅《せんめつ》。

合同演習の一戦目は終了した。

ふと観覧席の方を見ると、マスタングが興奮して踊っていた。強化ガラス越しに「エ――クセレント！」と叫んでいるのが聞こえてくる。満足してもらえたようで良かった。

そこへ、プロトコールのふたりが私に駆け寄ってくる。

「ワトソン！　ナイスな指揮でありました！」

「やりやすかった……です……」

「ふたりとも。慣れない状況にもかかわらず、それを感じさせない見事な動きだった。二戦目以降もその調子で頼む。期待してるぞ」

「へへへへっ」

ノベルは満面の笑みでぴょんぴょんと跳ねる。エクシアはマイペースに、隙間時間でゲームをプレイしていた。実に対照的なチームである。

「ふたりは本当に相性が良いんだな。ノベルもエクシアも、互いを補い、高め合っている」

そう告げるとエクシアはピクっと反応して、珍しくゲームを操作する手を止める。

「……そう……見えましたか……？」

「ああ。エクシアはノベルのことをよく見て、よく理解しているな」

「そうなのであります！　エクシアは、最高のパートナーなのであります！」

「…………………」

ノベルに肩を組まれると、エクシアはほんの少しだが表情を綻《ほころ》ばせ、前髪をくるくると指で弄《もてあそ》ぶ。やはり、良いチームである。

「ちょっと指揮官様、何か忘れてない？」

そこへ、カウンターズもやってきた。心なしか三人とも、不満そうな表情だ。

「なんだ？」

「私たちのこともちゃんと褒《ほ》めてよ！」

「プロトコールだけズルいですよ！　お初だからですか!?　お古の私たちのことは、もう飽きてしまわれたのですか!?」

「人聞きの悪いことを言うな」

「指揮官。フィードバックは常に必要だと考えます。お忘れなきように」

「す、すまん……」

少女三人から問い詰められ、壁に追いやられては、素直に頭を下げる他ない。特にラピは、無表情にもかかわらず異様な圧が感じられた。

「と、とりあえず一度フィールドから出て休憩を――」

刹那《せつな》、私はありえないものを見た。

ラプチャーが、こちらへ照準を定めている。演習の中では見なかった個体だ。

奴《やつ》が狙っているのは……。

「ノベル！　危ない！」

「え……」

私はとっさにノベルを庇《かば》おうと突っ込むも、ラプチャーの放ったゴム弾は彼女の肩に命中。

「いたぁっ!?」

「なっ……一機暴走！」

「私の火力で排除します！」

ネオンがショットガンを連射し、ラプチャーの動きは停止する。

それを確認し、私はノベルのもとへ駆け寄る。

「ノベル、大丈夫か！」

「だ、大丈夫であります。ビックリしちゃいましたが……はは」

いくら殺傷性のないゴム弾とはいえ、予期せぬタイミングで被弾するのは恐怖以外の何物でもない。それでもノベルは平気そうに振る舞っていた。

「一体なんで……まさか誤作動？」

「……いや……違う……」

エクシアが当該ラプチャーを見下ろしながら、呟《つぶや》く。

その声は、わずかに震えているように聞こえた。

「エクシア、気をつけろ。また暴走するかも……」

「これを……見てください……」

「なっ……!?」

エクシアが指し示す、当該ラプチャーの電光表示板には、こう記されていた。

『ソウサ　ヤメロ』

「捜査、止めろって……まさか、パンツ盗難事件のこと……?」

「ええ、そういうことでしょうね。ですがなぜノベルが……?」

「もしかしたら……ノベルが昨日女子寮で、犯行に使われた最新型ロボットを見つけるため、追いかけ回していたから……」

そうだ。ノベルは昨日女子寮で、かなり目立った形で捜査をしていたと聞いた。

まさかそれを知った犯人が、これ以上捜査するなと牽制《けんせい》するために、ラプチャーを意図的に暴走させて……?

「Oh、Noooooo!　ノベル、大丈夫DESUKA!?」

一部始終を観覧席から見ていたマスタングが、騒がしくフィールドに入ってきて、ノベルに駆け寄った。

「しゃ、社長、私は問題ないのであります!　それよりもこれを見てください!」

「Hmm?　このラプチャーがどうしたのDESUKA?」

「あ、あれ……?　さっきまで文字が……」

確認すると、先ほどまでラプチャーの電光表示板に記されていた文字列は消えていた。

「とにかくノベル、医務室へＧＯ！」

「い、いやこれくらい大丈夫で……うわ――――っ！」

マスタングが呼び寄せたタンカに運ばれて、ノベルは去っていく。マスタングもまた彼女に付き添って、煌《きら》びやかに輝きながら退場していった。

残された者たちは皆、神妙な面持《おもも》ちだ。

何せ私たちは、ラプチャーを通じて示された『悪意』を、まざまざと見せられたのだ。

「見せしめってやつですかね」

「いよいよ、手段を選ばなくなってきたわね……」

ハッキリとした牽制《けんせい》を前に、アニスとネオンはふつふつと怒りを湧き上がらせている。ラピはあくまで冷静に、しかし厳しい表情で話す。

「ロボットだけでなく、ラプチャーを意図的に動かすことのできる人物となると、犯人は相当な手練《てだ》れですね。今後もあらゆる場面で注意する必要があります」

一方で私には、あるひとつの選択肢をカウンターズに提示する必要がある。

「君たちに危害を加える意思が確認された以上、看過はできない。このミッションは私たちの手に余るかもしれない。私からアンダーソンに言って、取り下げを……」

「嫌に決まってるでしょ！」

「そうですよ師匠！　ここまでされておいて逃げるなんて、あり得ません！　私たちにもプライドというものがあるのです！」

「しかしだな……む？」

エクシアがひとり、件《くだん》のラプチャーを見下ろしたまま無言。長い髪で隠れていて表情は見えない。ノベルが襲われて、少し怯《おび》えているのかもしれない。

「エクシア、君やノベルを巻き込んで悪かった。君は何も知らないし、何も関わっていない。ひとまず演習は中止だから、居室に戻って……」

「初心者さん……」

それは、いつもと変わらない小さく平坦な声。

「私……知らなかったです……」

「何がだ？」

「私って……」

顔を上げたエクシア。その表情や瞳から、私は確かに、とある感情を感じ取った。

静かに燃える、青い炎のような怒りだ。

「悪意ある攻撃に対して……結構苛立《いらだ》つタイプみたいです……」

その時、私はどこの誰かも分からない憎き相手に、思わず同情してしまった。

どうやら犯人は、怒らせてはいけない人物を、怒らせてしまったらしい。

＊＊＊

放課後、エクシアに呼び出された私たちはプロトコールの居室へと向かう。

居室ではエクシアが、電気もつけずモニターを睨《にら》んでキーボードを叩《たた》き続けていた。

「エクシア、ノベルはどうだった？」

「幸い……無傷です……でも社長が心配して……医務室で無理やり休ませています……」

「それが正解ね。ノベルのことだから、野放しにしたらまた無茶するわ」

「うん……私もそう思う……」

「それでエクシア、私たちはどうすればいいの？」

「何も……しなくていい……」

「え？　何か用があって呼んだんですよね？」

「ちょっと待ってて……あと少しで……手がかりが摑《つか》める……」

決してこちらには顔を向けずに会話するエクシア。

彼女が凝視《ぎょうし》するモニターには、学園敷地内《しきちない》のマップと防犯カメラの映像らしき動画。そして黒画面にひたすら何かしらのコマンドを入力し続けている。きっと防犯カメラシステムに不正アクセスしているのだろう。ゆえに、見なかったことにした。

「何を調べているんだ？」

「犯行に使われた最新型ロボットの……特定を……キャンプ部の防犯カメラ映像では……管理番号は解析できなかったので……機体の裏に記載されているはずですが……」

「特定できれば犯人が分かるの？」

「利用履歴とか……何かしらのログが残ってるはず……たとえ消去していても……痕跡《こんせき》を完全に消すことはできないから……」

「その防犯カメラの映像は……訓練場近くの道ですね」

「うん……女子寮からあの倉庫に行くまでの経路を予測して……各ポイントの防犯カメラ映像を……確認してる……」

「女子寮から倉庫までの道のりは、何通りかあるけど？」

「最短ルートで設定しているはず……防犯カメラを壊すような……衝動的でアドリブが利《き》かない犯人だから……実際に最短ルートのカメラに映ってる……どこも暗いせいで……管理番号はまだ認識できてないけど……」

カウンターズに説明しながらも、エクシアの手は止まらず視線もモニターに集中している。並外れた集中力で解析を続けていた。

「あのエクシアがこんなにやる気になるなんてね」

「よっぽど、ノベルを傷つけられたことが許せなかったんでしょうね」

アニスとネオンが小声でこんな会話をする。

エクシアのトリガーや原動力が何かは定かでないが、協力してくれるとなれば、これ以上に助かる人物はいない。

強硬手段に打って出てきた犯人には一時気圧《けお》されてしまっていたが、エクシアのこの気迫を前にすれば、こちらも腹を括《くく》る他ない。

ノベルのためにも、一刻も早く犯人を特定しなければ。

「あっ……」

エクシアの手が止まる。モニターには女子寮前の防犯カメラ映像が表示されている。映像には数台のロボットが女子寮から出てくる場面が映っていた。

「もしかしてこれ全部、最新型？」

「うん……この中の一台が……このまま倉庫に『ギュッとする君』を運ぶ……」

「どれがその一台か分かるんですか？　ていうか何でこの子たち、一斉に外へ出てきたんですかね？」

「カモフラージュかもね。そのロボットを特定されないように」

ロボットたちが女子寮から出てフレームアウトするまでを、何度も繰り返して再生。それを全員で目を凝《こ》らして確認する。

「んー――……どれが倉庫まで行くのかなんて、これじゃ分からないわよねぇ」

「分かりやすい印をつけてほしいですね。この子は4凸、この子はコア1みたいな」

「なんで凸数で判別するのよ」

アニスたちが会話をしている間も、エクシアはまばたきせず、瞳孔が開いたような目でモニターを睨《にら》み続ける。そして、かすれた声で呟《つぶや》いた。

「……これだ」

「え、分かったの!?」

「うん……このロボット……」

エクシアが指差したロボットは、一目見ただけでは他のロボットとの違いは分からない。

「なんでこのロボットだと思うの？」

「これだけ……少し……動きが遅い……」

「遅い？」

「ああ、言われてみれば……他の子よりもほんのちょっと遅いですね。ですがそれがどうしたのですか？」

「倉庫へ向かう機体は……他の機体と違って……内部に積載物を抱えている……」

それを聞いた途端、ラピがハッとする。

「そうか。『ギュッとする君』を運んでいるなら、動きは遅くなるはずね」

「ああ、そうです！　おパンツがいっぱい入ってる状態の『ギュッとする君』は、ものすごく重かったです！」

『ギュッとする君』は高密度に圧縮して保存する機械だが、どんなに圧縮しても内容物の質量は変わらない。犯行に使われたそれを実際に手に持ったが、豆腐ほどのサイズでもパンツ千枚分の重さを有していた。

「それで、その機体の管理番号は分かるの？」

「解析中……この解像度なら……うん、できた……今みんなにチャットで送った」

スマホを見ると、エクシアからアルファベットと数字からなる管理番号が送られてきた。

「この管理番号の機体が……おそらく今も女子寮で活動中のはず……探しに行こう……」

「そのために私たちを呼んだわけですね！」

「うん……初心者さんは寮には入れないから……寮周辺を警備してる機体をチェックしてください……」

「分かった」

「それじゃあ……」

「みんなでそのロボットを見つけるのであります！」

不意に、ここにいないはずの少女の声が聞こえた。振り向けば、まるで最初に遭遇した時のように、ノベルがいつの間にか私たちの背後に立っていた。

「ノベル!?　あなた医務室にいたんじゃ……」

「知略を駆使して抜け出してきたのであります！　探偵として、犯人にあんな挑発をされてはいても立ってもいられませんから！」

「知略って、どうやったのよ」

「『ここから出たい！』と大声で泣き続けたのであります！」

「ゴリ押し中のゴリ押しじゃない」

　不意のゴム弾が肩に命中したとは思えない健在ぶりで登場を果たしたノベルに、エクシアの表情からは驚きや喜びや心配など複雑な感情が見え隠れしている。

　そんなエクシアに、ノベルが満面の笑みで言い放つ。

「さすがエクシアなのであります！　さあ、一緒に行きましょう！　犯人を捕まえるまでが、探偵の仕事ですよ！」

「うん……分かった……」

　そうしてカウンターズとプロトコール全員で、女子寮へと向かった。


「見つけたのであります――――っっ！」

　ひとりで女子寮そばをゆくロボットの管理番号を確認していた時だ。女子寮からノベルの大声が聞こえてきて、私はとっさに顔をあげた。

　次の瞬間、ノベルと行動を共にしているのであろうエクシアから全員に向けて、チャットが届いた。女子寮前の広場に集合とのこと。

移動して待っていると、まもなくカウンターズと合流。その後、ノベルとエクシアが一台のロボットを縄でくくって引き連れてきた。

「何で捕縛してるのよ」

「逃げないように、であります！」

「その必要はないけど……ノベルは形から入るタイプだから……」

そのロボットを確認すると、確かに管理番号が合致した。これが、倉庫へとパンツの入った『ギュッとする君』を運んだ機体なのだ。

その場でエクシアがノートパソコンを開き、ロボットを解析していく。

「事件前後で……このロボットを利用したのは………おお……」

解析が完了したらしい。エクシアは何やら不思議な声を漏らした。

「これはまた……大変な人たちですね……」

そう言ってエクシアがノートパソコンの画面をこちらに向ける。

するとそこには、とある二組のチーム名が、記載されていた。

第六話　アブソルート

「アブソルート、ですか……」

そのチーム名を口にするなり、ラピは小さなため息をつく。

ラピにしては珍しい反応だ。常に喜びも不満もあまり表に出さない人だから。

「アブソルートに何かあるのか？」

「いえ……」

「わざわざラピに言わせなくても、会ったら大体察しがつくわよ、指揮官様」

「そうですね。好奇心はそれまで抑えてもよいかと」

アニスとネオンは訳知り顔である。一体どういうことなのか。

アブソルート。

アークを支える三代企業のひとつ、エリシオンがいま最も目にかけていると言われている、ニケのチームである。

そんな彼女らのもとに、私たちが向かっている理由。

それはアブソルートの三人が、パンツ盗難事件の容疑者として浮上したからだ。

大量のパンツが収納されていた『ギュッとする君』を、女子寮から倉庫へと運んだ最新型ロボットが、プロトコールの協力によって特定された。

解析の結果、事件前後でそのロボットを使用したのが、二組のチームに絞られた。

その一チームが、アブソルートなのだ。

「チームごとで記録されるものなんだな」

「チームは原則として同じ部屋で寝食を共にするので、まとめられているのだと思います」

「洗濯物とか部屋の掃除とか、家事ロボットに任せちゃいますからね。だから例の二組のうちの一組は、本当にただ家事を任せただけなのでしょう」

「ただほんと、よりにもよってって二組よね……わざわざ許可なんて取らずに、全部の記録を見ちゃえばいいのに」

「ダメよ。ネオンの言う通り一組は濡《ぬ》れ衣《ぎぬ》なんだから、プライベートな情報を盗み見るわけにはいかないわ」

エクシアのおかげで、犯行に使われたロボットの事件前後の行動記録とその指示者の情報は私たちの手の中にある。

しかしそれを無断で確認するのは不誠実だと考え、各チームに許諾を取りに、現在向かっているのである。

「まぁいいけどさ、面倒なことになるわよ。特にアブソルートのあいつは、絶っっ対に良い顔しないわ」

「何とか説得してみせるわ」

おのおの何やら複雑な感情を持ち合わせながら、私たちはアブソルートの居室を目指した。

「帰れ、三流ども」

事情を説明すると、いきなり手厳しい一言が飛んできた。

黒髪でスレンダー、切れ長の目のアブソルートのリーダー、ウンファは私たちへの敵意を隠さない。特に私に対しては虫けらを見るような目である。

「も～ウンファったら、またそんなこと言って～」

「し、指揮官様にそんな口の利《き》き方は……」

アブソルートの他のふたりがウンファを諫《いさ》める。おっとりした雰囲気のエマと、小動物のようにオドオドしているベスティー。良かった、アブソルート全員がウンファと同じ調子であったなら、流石《さすが》に心が折れていたかもしれない。

ウンファの言葉に呆然《ぼうぜん》として言葉を失っていたアニスやネオンも、ここで息を吹き返すように抗議する。

「嫌なやつね、ほんと！」

「こちらは丁重にお願いしているというのに！」

「アブソルートにあんな気色の悪い事件を起こす者はいない。疑われている、ただそれだけで不快だ。どうせ犯人はお前なのだろう、三流」

そう言ってウンファは私を睨《にら》む。これまでで最も不本意な呼び名である。

「私ではない。あの犯行は女子寮に住んでいる者でなければ不可能に近い、ということがこれまでの捜査で判明した」

「あら～そうなの～？」

「じゃあ犯人は女性……？　なんでパンツ泥棒なんてことを……？」

素直な反応を見せるエマとベスティーとは対照的に、ウンファは私の言葉を何ひとつ信用していないらしい。

「耳を貸すな。醜聞《しゅうぶん》が絶えない男だ。必ず裏がある」

「だからその潔白を晴らすためにも、頑張ってるんじゃない」

「知るか。お前らの都合など私にとっては、床に落ちた玉ねぎの皮と同じ。踏みつけるか放置するような存在だ。お前らの要望は何ひとつ受け付けない。とっとと失《う》せろ三流ども」

剃刀《かみそり》のような口調で私たちを拒絶するウンファ。ひりつくような緊張感が場を支配する。

それをアニスが、鼻で笑った。

「そんな可愛《かわい》らしいエプロンを着けたまま言われたんじゃ、迫力もないけどね」

「なっ……」

アニスの指摘はクリーンヒットしたらしい。ウンファの顔は引きつり、頬は少し赤らむ。

ウンファをはじめとして、アブソルート三人は色違いの花柄エプロンを身につけている。

とはいえそれが違和感にならない場所にいるのだから、何も恥ずかしがることはない。

私たちがやってきたのは、料理部の部室である。

アブソルートの居室に行ってみたが、三人はおらず。ならば部室にいるはずだとラピが言うのでやってきたのだ。

「ほんと、みなさん似合ってて可愛《かわい》いですね」

「えへへ、ありがとう……」

「こ、これは私が望んでつけているのでなく、エマが……」

「あら～ダメよ、玉ねぎの皮が床に落ちたら、ちゃんと拾って捨てなきゃ」

「黙っていろエマ。お前は会話がワンテンポ遅いんだ」

ここまでのやり取りで、何となく理解した。アブソルートのリーダーはウンファだが、エマにもまた、邪険にできないような雰囲気がある。うまくできているチームだ。

場の空気が少し緩んだところで、ラピが丁寧《ていねい》な口調で告げる。

「犯行に使われたロボットの、事件前後の記録を見るだけよ。あなたたちには、何も不利益なことはないはず。だからウンファ、閲覧する許可を……」

「お前と話すことは何もない」

「…………」

しかし再び緊張感に包まれる。

アブソルートと出会ってまだ十分足らずだが、三人ともラピにだけ、特別な感情を持っていることは見るも明らかだ。

エマやベスティーは出会い頭に「久しぶり」と言っていた。エマに至っては抱き寄せたほど。そしてウンファは、終始冷たい目を向けていて、ラピへの言葉は私たち以上にキツい。ネガティブだが、ラピに対する巨大な感情がそうさせているように思えた。

「お前らも、これとしゃべるな。情けない離脱者だ」

「ウ、ウンファ、そんな言い方……」

「離脱者？」

思いがけぬ単語が聞こえ、私はつい口に出して反復してしまった。

するとエマが目を丸くする。

「あら、聞いていなかったの指揮官？　ラピは元々アブソルートだったのよ」

「そうなのか？」

「……はい。お伝えするのが遅れ、申し訳ございませんでした」

カウンターズの指揮官になると決まった際、三人の経歴や能力などはできる限りインプットしたつもりだが、そんな大事な項目を見落としていたのだろうか。

困惑する私を見て、アニスがフォローする。

「正確には、アブソルートが試用期間の間にラピだけ抜けたんでしょ？　だから経歴にも明記されていないとか」

「ええ、その通りよ」

「なるほど、そういうことか」

しかしなぜラピだけ離脱したのか。

アブソルートは前述の通り、エリシオンが特に目にかけているいわばエリート集団だ。そんなチームから、なぜ。

何より、なぜ離脱した側ではなく、残ったウンファの方がラピを目の敵《かたき》にしているのか。

謎が謎を呼ぶ事実に混乱している間もなく、ウンファが上から目線でラピに告げる。

「言うことを聞かせたいのなら、力で屈服させてみろ。三流どもではそれも叶《かな》わぬだろうが」

「屈服させろって……まさか、アリーナで?」

「それ以外に何がある」

アリーナとはアーク内にある、いわば決闘場だ。

本来ラプチャーを相手に戦うニケのチーム同士が相対し、しのぎを削り合う施設である。

道徳的な観点から賛否はあるものの、ニケにエンターテイメント性を求めるテトラCEOのマスタングが容認していることもあり、あくまで遊戯施設として存在を黙認されているのだ。

「カウンターズとアブソルートでやり合おうっての?」

「野蛮《やばん》ですねぇ」

「嫌ならそれでいい。実際お前らに勝ち目などないのだからな。負けが見えている勝負を回避するのは、賢明な判断だ」

「そんなわけないでしょ！　言っとくけど私たち、結構いいチームなんだから！」

「そうです！　師匠が指揮官となってより洗練されたのです！」

「三流が何人集まっても、結局は三流のチームだ。夢を見るのはやめておけ」

とどまることを知らないウンファの挑発に、アニスとネオンは今にも飛びかかりそうな雰囲気である。ただラピは、あくまで冷静な面持《おもも》ちを崩さない。

「私たちが勝てば、ロボットに残されたアブソルートの記録の開示を受け入れるのね？」

「ああ。そんなことはありえないがな」

「……分かった。アニス、ネオン、やりましょう」

ラピの提案に、アニスとネオンもやはり乗り気だ。

「当然よ！　こんなコケにされて、ノコノコ帰ってたまるか！」

「あなたたちの知らないカウンターズのラピを、とくと味わうといいです！」

そうして、カウンターズとアブソルートによる、仁義なき戦いの幕が上がった——。

＊＊＊

「第一回！　アブソルートVSカウンターズ、ドキドキ☆お料理対決〜〜〜っ！」

パァンっと、ベスティーがクラッカーを鳴らすと、広い部屋に虚《むな》しく響き渡った。

大仰にタイトルコールをしたエマは満足げな表情。一方ウンファはゲンナリしている。

カウンターズ及び私は呆然《ぼうぜん》。状況がまったく把握《はあく》できず、言葉を失っていた。

「ど、どういうことなの、エマ……？」

「一体何が始まるの……？」

「いま言ったでしょ～、お料理対決よ」

「そ、そういう隠語なのでしょうか……いまからお前を料理するぞ、的な……」

「ち、違うよ……本当にお料理をするんだよ」

「ええ……？」

昨日のやり取りでは、アブソルートとアリーナにて決闘をするはずだった。ゆえに意気込んでやってきた私たちは、まるで理解ができない。なぜいきなり料理対決になったのか。

その理由を、エマが簡潔に告げる。

「だって嫌なんだもの～、ラピと戦うなんて～」

「で、でもお宅のリーダーはやる気マンマンだったけど……？」

「あの後、アブソルート三人で話し合ったのよ～。私は、ラピたちと競い合うならお料理対決がいいなって言って。最終的には多数決をとったの～」

「……で、二対一でお料理対決になったの？」

「そ、そう……私もお料理の方がいいなって……」

「……チッ」

「うぅ……」

ウンファに睨《にら》まれると、ベスティーは小動物のように縮こまっていた。

「二対一となったら、流石《さすが》のウンファも呑《の》み込むしかないのですね」

「足並み揃《そろ》ってないのね、アブソルートって。エリシオンのお気に入りのくせに」

「黙れ」

「あーそっか。リーダーに威厳も求心力もないから、こういうことになるのねぇ」

睨み合うアニスとウンファ。バチバチと弾《はじ》ける火花でサーモンが炙《あぶ》れそうだ。

そんな様子を見てベスティーはなぜか目を輝かせる。「かっこいい……」と呟《つぶや》くその視線の先はアニス。ウンファに盾つくその姿が彼女には眩《まぶ》しく見えたらしい。苦労しているのだな。

「そういう決定は、私たちにも報告してほしかったわ」

「ごめんね～、準備するので忙しくて忘れてたわ～」

「まぁ家庭科室に招集をかけられた時点で、違和感はありましたけどね。ここに集合してからアリーナに行くのかと思ってました」

そう。アブソルートに呼び出されやってきたここは、中央ニケ学園の校舎にある家庭科室。立派な調理実習台がいくつも並んでいる。というか、ニケ学園のカリキュラムにも調理実習の授業はあるのだな。

「も～、アリーナでこの人格破綻《はたん》者を負かしてやりたかったのに」

「調子に乗るなゴミくず。耳障《みみざわ》りだ」

「あら、じゃあもっと不快にさせてあげましょうか？　挑発くらいしか秀《ひい》でたところのない、口だけリーダーさん？」

「殺すぞ」

「あ、あの……アニス……」

「え、何？」

「お、応援してる……この服にサインして……」

ウンファとの悪口の応酬《おうしゅう》に感動したらしいベスティーは、ついにはアニスにサインをもらっていた。

「それでさ、ずっと気になってるんだけど……」

ベスティーの背中にサインしながら、アニスがエマに尋ねる。

「あの人たちは、何？」

「料理の出来を判定してくれる人たちよ～。料理審査三銃士を連れてきたわ～」

「料理審査三銃士？」

実は私たちの他にもう三人、この家庭科室には集められていた。

教室の前方、教壇にてその三人は待機している。

「タクティカルな調理を期待している」

エリシオンCEO、イングリッド。

「Ｙｏｕの調理の実力、テストしますＹＯ！」

テトラCEO、マスタング。

「腹が減った」

腹ぺこピルグリム、スノーホワイト。

「この三人が、審査してくれるわ〜」

「メンツが濃すぎるわ！」

「まずどうやって集めたんですか、こんな三人！」

「しゃ、社長のふたりは、頼んだら来てくれた……スノーホワイトは、お腹《なか》を空《す》かせて倒れてたから……」

通常運転のスノーホワイトはともかく、二大企業のCEOがよくこんな小規模な対決のために来てくれたものである。

「アブソルートの頼みだからな。ランチタイムだと思って楽しむつもりだ」

「ちょっと社長ー、やるからにはアブソルート贔屓《ひいき》はやめてくださいよー？」

「当然、公平に審査する。ラピとネオンもエリシオンの誇りを胸に、真剣に臨むように」

「どんな状況でも真面目ですねぇ、社長は」

「下手なものはお出しできないわね……」

自身の所属企業の社長を前に、ラピとネオンの表情はより引き締まった。

「で、私のとこの社長はなんで？」

「エンター――――テイメントっ！　ですＹＯ、アニス！」

「ああ、そうね。こういうの好きそうよね、社長」

「デリ――――シャスな一品を期待してますＹＯ！」

二度目の邂逅《かいこう》となったマスタングだが、そのハイテンションは前回と同様だ。家庭科室でもあっという間に彼のオンステージ。彼が大人しい瞬間などあるのだろうか。

「スノーホワイトは……」

「何か食べさせてくれるというので、ついてきた」

「でしょうね」

「たとえ何を食べさせてくれるとしても、知らないおじさんについて行っちゃダメですよ」

突如《とつじょ》として決まったお料理対決に困惑していたカウンターズだが、審査員としてやってきた大物ふたりを前にすれば回避することはできない。よって受けて立つ他ない。

「私たちが勝ったら、ロボットに残されたアブソルートの記録を開示ってことでいいのね？」

「ええ、いいわよ～」

「その代わりお前らが負けたら、二度と顔を見せるな。一切捜査には協力しない」

「ウ、ウンファ……」

「……ええ、分かったわ」

「言われなくてもあなたの顔なんて見たくないけどね！」

よほどカウンターズのことが嫌いらしい。ウンファはまともに顔も合わせない。

「それで、料理対決のルールは？」

「前菜・メイン・デザートの三本勝負よ〜。三人がそれぞれ担当して作って、審査員にどちらが美味《おい》しいか判定してもらうの。二勝以上したチームが勝ち〜」

「ひとりで一品作るのですか。なかなか責任重大ですねぇ」

「ていうか、ウンファもあれだけ文句言っておいて、ちゃんと参加するのね」

「チーム内の決定だ。不本意だがやってやる。何よりたとえどんな競技であっても、お前らに負けるのは癪《しやく》に障《さわ》るからな」

そう言ってウンファは、昨日と同じ花柄のエプロンを身につける。ギャップのせいか、妙に可愛《かわい》く見える。ただそれを言えば罵詈雑言《ばりぞうごん》が飛んでくることを予測し、黙っておいた。

「指揮官、申し訳ございません。ご足労をかけたのに」

「まぁ、応援している」

「指揮官様に調理の指揮なんてできなそうだもんねー。どうせ昨日もカップ麺とか食べたんでしょー？」

「返答は控える。三人とも、事件解決のために頑張れ」

「パンツ泥棒を捕まえるために、料理対決するハメになるとはね」

「思えば遠くまで来たものですねぇ」

カウンターズの三人も、配られたエプロンを身につけ、準備完了。

審査員を代表してマスタングが、調理開始を宣言する。

「調ォォ理っ、スタ――トっ！　レッツ、エンタ――テイメント――っ！」

無駄にハイテンションな号令を受け、一斉に調理に取りかかるニケたち。

「ウンファ、ボウルとって～」

「ほら。ベスティー、包丁は？」

「あ、えっとじゃあ……」

アブソルートは、流石《さすが》は料理部とあって動きに無駄がない。時に連携を取りつつ、三人ともスムーズに調理を進めていく。

対してカウンターズは……。

「ちょっとネオン！　私もマッシャー使いたいんだけど！　早くしてよ！」

「うるさいですねぇ！　ならその巨大なおっぱいで潰《つぶ》せばいいじゃないですか！」

「できるか！」

実に不安になる光景である。

「ほら、アニス。しゃもじで代用できるから」

「もう、仕方ないわねぇ」

「ネオン、必要な食材があれば取ってくるわ」

「あ、じゃあ……」

ただラピだけは冷静に、アニスとネオンをフォローしながら調理できていた。

元アブソルートとのことだが、ラピも料理部に入っていたのだろうか。

結局ラピにどんな事情があり、アブソルートから抜けたのかは分かっていない。ウンファがあれほどの態度を示すのだから、彼女たちにとっては大きな出来事だったのだろう。

願わくば、この料理対決の末に両者のわだかまりが、多少なりとも解ければと願う。

「おい」

「ん？」

審査員席のそばでカウンターズの調理を眺めていると、ふとスノーホワイトが私の服の裾をクイっと引っ張る。

「腹が減った。そこのバナナをとってくれ」

「いや、審査前なのだから何も食べない方がいいと思うが」

「待てん。このままでは前菜が出てくる前に気を失う。バナナをくれ」

「普段どうやって生活しているんだ、君は」

仕方なく、対決用に並べられてあったバナナを一本渡すと、スノーホワイトは「もっとだ」と言う。一房手渡すと、それを大事そうに抱えながらモリモリと食べ始めた。

「美味《おい》しそうですNE！　Meにも一本くださいYO！」

「嫌だ」

「Nooooooooooo！」

「スノーホワイト、独り占めするな。一本渡せ」

「仕方ないな……」

そうしてスノーホワイトとマスタングは、審査員席にて並んでバナナを食していた。

「おい」

今度はイングリッドが私を呼ぶ。

「バナナか？」

「いらん。少し聞きたいことがある」

そう言ってイングリッドは手招き。すぐ隣にまで近寄ると彼女は、小声で言う。

「ウンファとラピの関係は、ずっとあの調子なのか？」

思いがけない質問に、私は少し言葉を選ぶ。

「少なくとも、昨日からはずっとあのような空気感だ」

「そうか……」

　イングリッドは腕を組み、深いため息をつく。気の強そうなその表情が、わずかに陰りを見せた気がした。

「彼女たちの事情を知っているのか？」

「ああ。ラピがアブソルートのメンバーになる予定だったことは知っているか？」

「聞いている。試用期間を終える前に脱退したと」

「元々はラピとウンファのふたりが、チームだったのだ」

「え……」

「良いコンビだった。物静かな者同士、相性が良かったのだろう。友人というより相棒という雰囲気だった。女子寮で同室だった時期もある」

　あまりにも意外な過去に、頭が追いつかなかった。それほどの関係だったウンファが、どうしてあんな、ラピと目を合わせるだけで舌打ちするほど険悪になってしまったのか。

「ふたりが険悪になるキッカケを作ってしまったのは、私だろう」

　イングリッドは眉間にシワを寄せ、また長いため息をつく。

「キッカケ、とは？」

「エマとベスティーをふたりに引き合わせた。エリシオンの最高チームが構築されると思ったからだ」

「そういう流れで、アブソルートは出来上がったのか」

実際にアブソルートは中央ニケ学園が誇る優秀なチームとなったのだから、イングリッドの考えは正しかったと言える。

あくまで性格だけ見れば、エマやベスティーとラピの相性が悪いようには見えない。何よりラピとそのふたりは、普通に会話をしている。その関係性に問題があるようには思えない。

だがいま、そのチームにラピはいない。

「ラピが外れたのは、イングリッドなどチーム外の声によるものか？　それとも……」

大きく踏み込んだ問いに、イングリッドはしばし沈黙。そして、答える。

「それは……」

「Ｏｏｏｏｈ！　ファンタスティック！」

その時、マスタングの歓声が家庭科室に響き渡る。

彼の目線を辿《たど》ると、その反応が大袈裟《おおげさ》でない、目を疑う光景が広がっていた。

「なっ……マ、マグロ!?」

「う、うん……」

なんとベスティーが本マグロを前に、日本刀のように長い包丁を構えていた。彼女の小さな体が、マグロの大きさや包丁の長さをより際立たせている。

「こ、この場で解体する気か？」

「そうよ〜、ベスティーの特技なの〜」

「どこで覚えるのよ！　そんな特技！」

アニスのツッコミなど気にも留めず、ベスティーは大型の本マグロを手際よく捌《さば》いていく。

まさか学校の家庭科室でマグロ解体ショーが見られるとは。これには審査員席も沸いていた。

「Ｏｏｏｈ！　あちらもすごいですＮＥ！」

またも歓声を上げたマスタングの視線の先、カウンターズの調理台に目をやると、そちらもまた衝撃の事態が巻き起こっていた。

「火力ッ！　火力最高ッッ！」

ネオンが調理するフライパンから、火柱が上がっていた。

「コラァァっ！　何やってんのネオン！」

「料理は火力が命ッ！　つまりは火力最高ッ！　さあ一緒に、火力最高ッ！」

「言うか――――っ！」

火を見たせいで、危ういテンションになるネオンであった。

両チームとも、審査員の注目を集めるという意味では互角の戦いに発展する。

そんな中、まずは前菜が完成したようだ。審査員たちの前に二チームの一品が並べられた。

イングリッドが、アブソルート側の皿を指差す。

「まず、ベスティーのこれは？」

「マ、マグロのカルパッチョです……」

「カルパッチョのためにマグロを一匹おろしたのか……？」

思わずツッコミを入れてしまった私に対し、ベスティーが補足する。

「この後でお刺身にしたりお寿司を握るので、審査員の皆さんや指揮官、お土産《みやげ》にどうぞ
……あ、そちらは審査に関係なく」

「寿司も握れるのか……」

ベスティーの謎のポテンシャルに戦慄《せんりつ》している中、審査員たちはマグロのカルパッチョを口
に運んでいく。

「デリ――――シャスっ！　脂が乗ってますＮＥ！　ドレッシングもマッチしてマリアージュ！」

「うむ、うまいな」

「おかわりだ」

審査員の評価は上々で、ベスティーは頬を赤く染めて照れ笑い。マグロの解体ショーという
奇想天外な調理だけでなく、しっかりと味でも実力を示していた。

「では続いてカウンターズ、ネオンが作った前菜は……」

「はい、生ハムとマッシュポテトのカナッペでございます」

一丁前な料理名を述べているが、皿に載せられているのは黒コゲの物体である。

「その料理を作る工程のどこで、あの火柱が起きるんだ」

「隠し味に、火を入れようと」

「隠し味の意味を知っているか？」

「まず隠れていないだろう」

イングリッドと私のツッコミにも、ネオンはなぜか自信満々。先ほどの火柱のせいで歪《ゆが》んでしまったメガネをクイっと上げる。

「あ、こちら炙《あぶ》っても美味《おい》しいのですよ」

そう言ってガスバーナーを持ち出した時にはもう、ツッコむ気力もなくなった。

「食べられたものではない」

「情熱が込められ過ぎてますＮＥ！」

「ガリガリする」

審査員の評価は以上。当然のことながら、前菜はアブソルートの圧勝となった。

まず一勝を手にしたアブソルートの残りのふたりは、浮かれることもなくテキパキと調理をしている。一方でカウンターズのアニスは声に焦りがにじむ。

「も――――ネオンのバカ！　火力バカ！　どうすんのよ！」

「そんな褒《ほ》められても、ガスバーナーの炎くらいしか出ませんよ」

「褒めてないわよ！」

「落ち着いてアニス。私たちが勝てばいい」

一方でラピはどこまでも冷静に調理を続ける。やはり頼りになるリーダーである。

「ふっ、まだ勝てると思っているのか。おめでたい脳をしている」

「……ウンファ」

「エマにバトンを渡すまでもなく、メインでカタをつけてやる」

最後にそう宣言すると、ウンファは何やら良い香りのするソースが敷き詰められたフライパンに、茹《ゆ》で上がったパスタを投入する。

「アブソルートのメインが、先に完成しそうですNE！」

「早く食わせろ」

スノーホワイトは前菜を五皿もおかわりしたはずだが、ウンファのフライパンから漂う香りに我慢できない様子。涼しげな顔だが口元からよだれが垂れている。

「メインは両者とも、パスタのようだな」

イングリッドの言う通り、ラピもパスタを茹でているようだ。大事な二戦目のメイン料理でこの被《かぶ》りは、果たして吉と出るのか凶と出るのか。

ただそれよりも、いまのうちに聞いておきたいことがある。

「イングリッド、先ほどの話だが……なぜラピはアブソルートから脱退したんだ？」

「ああ、途中だったたな」

相性の良かったラピとウンファのコンビに、エマとベスティーを加えて最高のチームにしようと試みたイングリッド。しかしその結果、ラピだけがチームから抜けた。

その理由は……。

「ラピ自ら申し出があったのだ」

「ラピ自身が？」

「ああ」

イングリッドは目を細め、遠い昔のことのように話す。

「アブソルートの試用期間に、何度か訓練や演習を重ねている中で、自覚したのだと言った。自分が足を引っ張っている、自分がいなければアブソルートはより良いチームになると」

「そんな……」

「私も、そんなことはないと説得を続けた。しかしラピは頑として主張を変えなかった。そこで試しにラピにだけ別メニューを言い渡し、三人だけで演習を行わせてみた。すると、本当にラピの言う通り、三人の方が機能していた。愕然《がくぜん》としたよ」

「っ……」

「これはラピの能力の問題ではない。ラピは優秀だ。だからアブソルートに加入させたのだ。ただ……相性ばかりは、どうしようもない」

優れたニケだけを集めた結果、うまく嚙《か》み合わずに結果が伴わない。プロの世界でも往々にして見られる現象だ。それだけエンカウンターにおいて、チームの相性は肝要なのだ。

それを誰よりも理解していたラピは、アブソルートが本格始動する前に、脱退した。

「大したニケだよ、ラピは。外から見ていた私では気づかなかった、チームの本質を見抜いて身を引いたのだ」

「……そうだな」

その俯瞰的《ふかんてき》な視点が、ラピの長所のひとつだ。カウンターズとしての活動においても、何度もそれに救われてきた。

だが、それを自覚した時、チームに別れを告げた時、ラピはどんな気持ちだったのだろう。

そして、相棒だったウンファは……。

「結局は奴《やつ》が実力不足、あるいは怠惰《たいだ》だったというだけだ」

ウンファがパスタ皿を三枚、器用に持って審査員席に運んできた。どうやら話を聞いていたようだ。

「たとえ相性が悪くとも、身の振り方やニケとしてのスタイルを調整することで、いくらでも自分の場所を確立できたはずだ。奴はそれを放棄《ほうき》した。楽な方へと逃げたのだ」

調理台にいるラピにも聞こえるような声量で、ウンファは告げる。

ラピは、こちらを向かずひたすら調理に集中していた。

「結果、三流チームのリーダーとなり、さぞ気分が良いことだろう。勝負の世界から逃避し、ぬるま湯で心地良くいられるのだからな」

「ちょっと！　誰が三流チームで、どこがぬるま湯だっての⁉」

「そうですよ！　そこそこ熱湯で頑張ってますよ、私たち！」

アニスとネオンの抗議には無反応。ウンファは審査員たちへメイン料理を提供する。

「ウニのクリームパスタです」

「Ｏｏｏｏｈ！　美味《おい》しそうですＮＥ！」

「では、早速いただく」

審査員の三人は揃《そろ》って実食。パスタを口に入れた瞬間に、三人とも目を見開いた。

「エ——————クセレントっ！　濃厚でコクがある、リッチな味わいＤＥＳＵ！」

「素晴らしいな。文句のない逸品だ」

「ありがとうございます」

「足りない。もっと寄越せ」

「茹《ゆ》でたパスタは使い切った。我慢しろ。もしくは皿でも舐《な》めていろ」

スノーホワイトにだけ厳しいウンファである。

カウンターズとしてはもう一敗もできない状況で、この高評価は痛い。だがそれだけの料理なのだろう。審査員たちの食べる手が止まらない。

「マズいですね……このままではパンツ盗難事件の解決が遠のいてしまいます」

「あなたのせいでしょうが！　この火力の悪魔！」

「おおっ、イカした二つ名、感謝です！」

「すな！　感謝すな！」

アニスは調理しながら、ネオンに的確なツッコミを入れている。器用だ。

「お待たせしました」

そんな中、ラピが審査員席へとやってきた。

なぜかパスタ皿を、四枚持って。

「どうぞ、ご賞味ください」

「これは、ナポリタンか」

「具は玉ねぎとソーセージだけか」

「見た目だけで言えば、ピーマンなどの色味が欲しかったDESUNE！」

ラピの作ったナポリタンを前に、それぞれの印象を述べる。

そんな中、ひとり妙な反応を見せる者がいた。

「そのナポリタンは……」

ウンファは、どうしてか珍しく虚を衝《つ》かれたような表情だ。

そんな彼女の前に、ラピはもう一皿のナポリタンを差し出した。

「これ、あなたの分」

「何を……」

「懐かしいわね。あの頃、空腹で眠れなかった時によくふたりで部屋を抜け出して、こっそりキッチンで作って食べた」

「…………」

きっと、ふたりが女子寮の同じ部屋に住んでいた時の話なのだろう。ふたりとも物静かで、真面目な雰囲気があるせいか、少し意外なエピソードと言える。

「……くだらない。こんな安っぽい料理で勝負を挑むとはな。よほど負けたいらしい」

「いいわ、最悪負けても」

「……？」

「あなたに食べてもらえるのなら、ウンファ」

まっすぐ、真摯《しんし》な瞳をウンファに向けるラピ。

昨日からほぼ目を合わせていなかった両者が、数秒の間、決して逸《そ》らさず見つめ合う。

「……こんなもの」

ウンファはナポリタンをフォークで一巻き。雑に口へと持っていく。

「っ……」

直後、ウンファの表情が、淡く変化する——。

『ちょっとウンファ、玉ねぎまで切らなくても……』

『バカ言えラピ。玉ねぎのないナポリタンなど私は認めない。あとはソーセージがあればな』

『あ、あったわソーセージ。冷蔵庫の隅に隠れてた』

『なんだと。でかしたラピ。切ってやるからこちらに寄越せ』

『使い過ぎないようにね。バレたら大変……あ、麺が茹《ゆ》で上がるわ』


『うむ、美味《うま》い』

『ちょっとの具材とケチャップで、こんなに美味《おい》しくなるのね』

『ソーセージの存在が大きいな。やはり肉だ。肉はいい』

『ふふ、何言ってるのよ』


「ウ、ウンファ……？　どうしたの……？」

「っ……なんでもない」

ベスティーに呼びかけられると、ウンファはハッと我に返るような反応をする。

ラピも、自ら作ったナポリタンを数本すくって食べる。

「何を食べても、誰と食べても、この味だけは絶対に忘れられないわ」

はにかみながら、しみじみと呟《つぶや》く。

「私がアブソルートを抜けたのは……エマやベスティーが私以上に、あなたと息の合った連携をとって活躍しているのを、見ていたくなかったから」

「………」

「ウンファの一番の相棒は私だと、信じていたから。まぁいずれにせよ、自分勝手な行動には変わりないわね。迷惑をかけて、ごめんなさ……」

「謝るな、クソが」

ウンファはラピの顔を、憎らしそうな、でもどこか悲しそうな瞳で、真正面から見つめる。

「エンカウンターに私情を持ち込むな。だからお前はダメなんだ」

「ええ、そうね」

「……まったく、貧乏臭い味だ。マスタングの言う通り、色味もない。食材にピーマンも用意してあったというのに」

「でも、これが私の好きなナポリタンだから」

「……バカな女だ、本当に」

ウンファはフォークを置くと、窓の外に顔を向けるのだった。

「……さて、では審査をしようか」

イングリッドが口元をナプキンで拭きながら、そう告げる。

もう後がないカウンターズは、このメイン料理の勝負で絶対に勝たなければならない。ラピとネオン、そしてデザート調理中のアニスも注目している。

「私はやはり、アブソルートのパスタＤＥＳＵ！　踊り出しそうな美味しさでしＴＡ！」

マスタングはウンファのパスタに一票。思わずネオンが「あぁ……」と声を漏らす。

だがイングリッドは……。

「私は、ラピのナポリタンだな」

「え……」

「当然ウンファのも美味であったが、ラピのナポリタンは妙に懐かしさを覚える味であった。好みで言えば、そちらになる」

「やった！　これで一対一です！」

最後の審査員、スノーホワイトに注目が集まる。彼女は悩む素振りを見せ、沈黙。

熟考の末に、告げた。

「ナポリタンだな」

「っ！」

「やった！」

ガッツポーズするラピと、声をあげて喜ぶネオン。アニスも「よっしゃー！」と一層気合を入れて調理を続ける。

「理由を聞かせろ」

納得いっていないのか、ウンファがスノーホワイトの前に立つ。

スノーホワイトは、濁りのない瞳で答えた。

「ソーセージが入っているからだ」

「なに……？」

「やはり肉がなければな」

拍子抜けな返答である。ただウンファは、怒ると思いきや意外な反応を見せた。

「っ……」

とっさにラピと目を合わせると、共に笑いをこらえるような顔をした。

それには周囲の面々も首を傾《かし》げる。ふたりにしか分からない何かがあるのだろうか。

何にせよ料理対決の前と後で、ふたりの間の空気感は、多少なりとも緩んだように見えた。

それだけで、大いに収穫があったと言える。

だが、本来の目的はそこにはない。

「さあこれで、カウンターズとアブソルートは一対一ですね！」

「次で決まるな。後はアニスに任せよう」

私とネオンはそう言って、期待感いっぱいで最終決戦を待つ。が、ここでウンファがまた、冷や水を浴びせるようなことを言う。

「……いや、勝負はもうついた」

「え、なんですか⁉　ウチのアニスじゃ勝ち目ないと言いたいんですか⁉」

「い、いや、そういうことじゃなくて……」

ベスティーも何やら含んだ様子でネオンを宥《なだ》める。見ればラピも、何やら複雑そうな表情で審査員三人を見つめていた。

「さあできたわ～。まずは私からね～」

朗らかな声をあげながら、エマが審査員席にまでやってきた。

「アブソルートのデザートは、抹茶プリンです～」

エマは審査員の三人に、プリンを提供していく。

「Ｏｈ！　鮮やかな緑色ですＮＥ！」

「そういえば、エマの料理は食べたことがなかったな。いい機会だ」

「甘いものか。まあいい、いただこう」

そうしておのおの、スプーンでプリンをすくい、一口。

すると次の瞬間……。

「ぐうっ……！」

「ＯＭＧっ！」

パタパタと、学園都市アークを支える三大企業のＣＥＯが突っ伏していく。

「な、何が……？」

「パンデミックですか!?　ゾンビとかになっちゃうんですか社長！」

大慌ての私とネオンを尻目に、ラピとウンファとベスティーは「やはり……」といった呆《あき》れ顔。そしてエマは、のほほんと一言。

「あら〜？　隠し味のグリーンハバネロとバッタとマリモが効き過ぎたかしら〜？」

「な、何を入れたと……？」

聞き間違いでなければ、後半ふたつは食材ですらないような……。

「ス、スノーホワイト、大丈夫か……？」

スノーホワイトは、倒れこそしないものの、一口食べたのち活動停止。一点を見つめたまま動かない。

たっぷり間を作ると、一言。

「まずい」

そうしてイングリッドとマスタングと同様に、突っ伏すのだった。

「救護班を頼む。違う、訓練場ではない。家庭科室だ。急げ」

ウンファはスマホを手に、慣れた口調で救護班の出動を要請する。ベスティーは倒れた三人の脈拍を測り「うん、大丈夫」と安堵《あんど》の表情。

「…………」

どうやら、こうなることは織り込み済みだったらしい。

「え、じゃあ勝負は……？　ロボットの記録開示は……？」

「お前らの勝ちだ。好きにしろ」

「わ、私とウンファで勝てなかったら、どちらにしても終わりだから……」

「ええ……？」

何はともあれ、一応パンツ盗難事件の捜査は一歩前進したらしい。

「……ねえ、じゃあ私が頑張った意味は……？」

ひとりだけ審査員の実食を終えていないアニスは、顔を引きつらせている。

「ない。勝手に持って帰れ」

ウンファはそう吐き捨てると、「片付けを始めるぞ」と言ってアブソルート三人で、調理台の掃除を始める。

いたたまれず、ラピとネオンと私も、そそくさとカウンターズ側の調理台の掃除を開始。

ひとり取り残されたアニスは、出来立てのスイートポテトが並べられたトレイを手に、大声で叫ぶのだった。

「誰か、私のスイートポテト食べてよ————っっ！」

第七話　メティス

「長かったミッションもいよいよ佳境ねー」

快晴の空の下、アニスは悠々と歩きながらそう言った。

「ですねー。もうすぐ終わると思うと、少し寂しいような」

「厄介《やっかい》な事件だっただけにね」

「まさかそのために、アークから二度も飛び出すことになるなんてね」

一度目はアンリミテッドとキャンプ場に行くため。

そして二度目の本日は、アーク外のショッピングセンターに私たちはやってきていた。

事件に関わっている可能性が高い、とあるチームと接触するためである。

料理対決に勝利し、犯行に使われた家事用ロボットの、アブソルートの使用履歴の開示に成功したのは昨日のこと。

ただそこには、怪しい記録はひとつも見られなかった。

「ウンファが可愛《かわい》いパンツなどを洗濯に出していただけでしたね」

「あれ、まだ穿《は》いてたのね」

「元同居人の証言がリアルね」

女性のプライベートなので私は見ないようにしたが、ここで普通に話されては、気を遣った意味がないのではないだろうか。

とにもかくにもアブソルートの潔白は証明された。

家事用ロボットを犯行時間内に使用したとされるチームは残り一組。おのずと、そこに所属する二ケが最重要容疑者となる。

「メティスのうちの誰か、もしくは全員で共謀」

「そんなことしそうにない……と言いたいところだけど、何を考えてるか分からないところがある三人だからねぇ」

「うち二人は天然ですからね！　天然の人って何するか分からない怖さがありますよね！」

カウンターズが誇る天然が言うのだから説得力がある。

「しかし、メティスから世紀のパンツ泥棒が生まれたとなったら、大変なことよ」

「あのメティスですからねぇ」

エリシオンにとってのアブソルートのように、メティスは三大企業ミシリスが現在最も推しているチームだ。あのＣＥＯのシュエンが溺愛《できあい》しているのだとか。

「とっとと犯人を特定して、シュエンの吠《ほ》え面《づら》を拝んでやりたいわ」

「目的意識が湾曲《わんきょく》してるわよ」

メティスの誰かが犯人かどうかは確定していないが、事件に関与している可能性は高い。

そこで本日、休日ではあるが、部活動中のメティス三人に会うためやってきたのだ。

その部の名は、ヒーローロー部。

各地で子供相手にヒーローショーを披露《ひろう》する部活らしい。演劇部とはまた違うようだ。

「メティスの三人が創設したのよ」

「そうなのか。なんでまた」

「それはまぁ、会ったら分かるわ」

「?」


ショッピングセンターのバックルーム、ヒーローショーの控え室に入ると、まごうことなきヒーローとヴィランがいた。

「相変わらず元気ね、ふたりとも」

「当たり前だ！　元気でない時などヒーローにはないっ！」

「ハハハ！　騙《だま》されたな馬鹿め！　私が元気だと思ったか！」

「元気じゃないの?」

「緊張してちょっと腹が痛い」

「出番前だもんね。ごめんね」

金髪の小柄な少女はラプラス。すべての会話を大声で行っている。

銀髪で少し人相の悪い少女はドレイク。独特な言動を繰り返している。

ヒーローショーの開始はもう間もなくらしい。ゆえにラプラスとドレイクはすでにヒーローとヴィランのコスチュームに着替えていた。

「馬鹿め！　着替えてなどいない！　今日は女子寮からこの格好で来た！」

「ヒーローは常にヒーローであるべきなのだ！」

「そ、そうか……」

「そんなことより、あなたたちに話が……というか、マクスウェルはどうしたの？」

マクスウェルは、もうひとりのメティスのメンバーだ。カウンターズの三人によれば、唯一疲れずに会話ができる相手らしい。酷《ひど》いことを言うなと思ったが、実際にヒーローとヴィランを前にすると、まぁ、分からなくはないと思った。

「マクスウェルは主催者側と打ち合わせ中だ！　何やらバタバタしていた！」

「貴様らは何をしに来た！　墓でも買いに来たか！」

「このメンツでは来ないでしょ」

「そうだな。家族など大切な人と来るべきだ」

一向に話題が前進しない。マクスウェルの到着が待たれる。

「はぁーただいま……って、ええ!?　カウンターズ!?」

そこへもうひとり、オレンジ色の髪の少女が入ってきた。私たちを見て喫驚《きっきょう》している。

「あ、やっと来たわねマクスウェル。実はあなたたちに話が……」

「良────いタイミングで来てくれたわっっ！」

「えっ」

＊＊＊

「良い子のみんな────、こんにちは────っ！」

「「「こ────んに────ちは────っ！」」」

「うんっ、元気いっぱいね！　私はマクスウェル！　マクスウェルお姉さんって呼んでね！　今日は来てくれてありがとう！」

屋外の舞台上にて、ヒーローショーのお姉さんとして進行するマクスウェル。それが彼女のヒーロー部での役割なのだろう。

「だいぶ板についているな。さすがは常識人だ」

「うーん、マクスウェルが常識人かと言われると……」

舞台袖にて、ネオンは「どう言ったものか」といった表情。違うのだろうか？

「ひゃははっ、今時ヒーローショーだってよ！」

「お姉さ～ん、俺にもウインクちょうだ～い！」

どうやら客席に厄介《やっかい》な酔っ払いが交じっているらしい。裏から出て行って私が対処するか、と思って立ち上がった、その時……。

カァンッ！

「ひぃっ!?」

マクスウェルがスナイパーライフルで、酔っ払いの持つ缶ビールを撃ち抜いていた。

「上演中はお静かにお願いしまーす♪」

「す、すみませんっ！」

「やべえ、ニケじゃねえか……っ！」

酔っ払いふたりはそそくさと去っていくのだった。

「ほら、師匠」

「……ああ」

前言撤回。常にスナイパーライフルを携《たずさ》えている常識人はいない。

「ふ、ふたりとも……よくそんな落ち着いていられるわね……っ！」

隣を見ると、アニスが歯をガタガタと震わせながら座っていた。

「な、なんで私たちが……ヒーローショーなんかに……っ！」

そう。私たちはこれから、メティスが催《もよお》すヒーローショーに出演するのだ。

遡《さかのぼ》ること、数十分前――。

『はぁ!?　私たちがザコ敵の代役を!?』

『本っっ当にごめんだけど、お願い！　この通り！』

控え室にて、マクスウェルは私たちに深く深く頭を下げる。

聞けば共演予定だった劇団員たちがこぞって風邪《かぜ》をひいてしまい、欠席とのこと。つまり、現状ヒーロー部しか演者がいないのだ。

『ヒーローとヴィランと進行のお姉さんしかいないヒーローショーとは、なんとも侘《わび》しい劇になりそうですねぇ……』

『そうなのっ！　だからお願い、代わりに出演して！』

『い、いいい嫌よ！　人前で演技するなんて、そんな心構えできてないもの！』

『大丈夫！　ザコ敵だからセリフも少ないし、劇中でも私たちがフォローする！』

『そ、そんなこと言われても……』

『ほら！　ラプラスとドレイクも頭を下げてお願いして！』

マクスウェルはそう促すも、ふたりはフンっと鼻を鳴らす。

『ヒーローは頭を下げない！』

『ヴィランもだ！』

『みんなが出てくれないと、あなたたちは今日ヒーローにもヴィランにもなれないの！』

『それはいけない！　よろしく頼む！』

『後生《ごしょう》！』

メティス三人はきちんと頭を下げて懇願《こんがん》。そんな光景を前にしては、答えはひとつだ。

『わかった、引き受け……』

『その代わり、ショーが終わったらこの場で私たちの話を聞いて、正直に質問に答えること』

したたかなラピの条件の提示に、マクスウェルは『え、別にいいけど』と困惑気味だった。

『ザコ敵ですか……この私の大物オーラで務まるでしょうか』

『う、嘘でしょ⁉　本当にやるの⁉』

アニスだけ納得していない様子だが、マクスウェルは気にせず私たちに着替えと台本を手渡していく。

『はいこれ！　今すぐ着替えて台本読んでおいて！　開演は十五分後だからよろしくね！』

『えええぇぇ――――っ！』

そうして私たちは今、ザコ敵のコスチュームに着替えて舞台袖で待機しているのである。

「まぁ、なんとかなるでしょう。セリフも少ないし」

「私としては、もっと出番が欲しかったですけどね！　こう、ヒーローをあと一歩のところまで追い詰める美人女幹部的な！」

「なんでそんな余裕なのよー……」

確かに、アニスも緊張しすぎだが、ネオンは異常に落ち着きすぎである。なんとも対照的なふたりだ。

「緊張するのは当然だ！　君たちはザコ敵という、自分より遠い存在になりきらねばならないのだから！　私か？　私は緊張などしない！　なぜなら私はヒーローそのものだからだ！」

「フハハッ、私もだ！　演技などは必要ない！　ありのままのヴィランを客どもに見せつけてやればいいのだから！」

「口では豪語していらっしゃいますが、ふたりともお膝は正直ですよ？」

ネオンの指摘通り、ラプラスとドレイクは膝が超高速でガタガタと震えている。表情も自信満々のようで、汗がダラダラと流れている。

「大丈夫？　水でも持ってくる？」

「必要ない！」

「今飲んで本番中におしっこに行きたくなったらどうする！」

「ご、ごめんなさい……」

迫真の表情でおしっこ発言をするヴィランには、気遣ったラピも気圧《けお》されていた。

本番が始まる直前、マクスウェルが話していたことを思い出す。

『ラプラスとドレイク、キャラ的にも本人たちの意欲的にも、ヒーローとヴィランがピッタリなんだけど……両方とも緊張しいで。毎回展開やセリフを間違えず演技するのが精一杯なの。ポテンシャルはあるんだけどね』

気持ちとは裏腹に、いやむしろ気持ちが強いからこそ緊張してしまうのだろう。

子供たちを楽しませる素晴らしい部活動だからこそ、何とか打破してほしい。私たちが今日ここに来た目的は別だが、ヒーロー部のために何かしてあげられないだろうか。

「おっと、そろそろ出番ですね」

「ええ、マスクをつけましょう」

「フゥー、フゥー……大丈夫大丈夫……」

カウンターズと私はザコ敵用のマスクを被《かぶ》り、登場の準備をする。

そしてマクスウェルのキッカケを合図に、四人で飛び出し、マクスウェルを囲む。

「きゃ――――っ！　悪の軍団に囲まれてしまったわ！　誰か助けて――――っ！」

先ほどスナイパーライフルで酔っ払いを退治した人間とは思えない反応である。

「待て――――――っ！」

その時、会場に大声が響き渡る。と同時に、何やら黒子のスタッフが舞台の端に、窓のついた書き割りをせっせと運んできた。

なんだこれ、と思っていた次の瞬間――。

ガシャ――――ンッ！

ラプラスが窓を突き破って舞台上に現れた。

「ヒーローラプラシュッ！　参上ッ！」

名前を噛《か》んだものの、ダイナミックな登場のインパクトの方が強く、観客は大盛り上がり。

どうやらこれが、ヒーローラプラスのお決まりらしい。

「彼女を放せっ！　ヒーローパワーチャージ！　おおおおおおおおっ！」

ラプラスは、実際にニケとして使用している武器を模したレプリカのビーム砲で、ザコ敵を一掃。私たちはやられ役として舞台上で倒れる。

そのビジュアルや、窓を突き破るほどの運動神経など、ヒーローとしては十分な素質があることは見るも明らか。さすがはヒーローを自称するだけある。

「正義は常にかちゅ！」

セリフを嚙《か》むことと、足が震え続けていることを除けば、完璧なのだが。

「フハハッ、フハハハハハハハッ！」

ラプラスが私たちザコ敵を倒しきった直後、響き渡る不敵な笑い声。

刹那《せつな》、なんと舞台の背景の書き割り、およそ五メートルほどの高さを飛び越えてドレイクが出現した。その派手な登場には観客もどよめく。

「私はドレイク！　世界最強のヴィランだ！」

ドレイクもまた、ヴィランにふさわしい身体能力を見せつけた。

「フフフ！　ハハハ！　ごほっ、ごほっ！」

咳《せ》き込むことと、足が震え続けていることを除けば、完璧なのだが。

その後もラプラスとドレイクは互いに小さなミスはしつつも、ショーの進行には問題なく。子供を舞台に上がらせて参加させるなど、ヒーローショーとしても文句ない形となっている。子供たちも楽しそうに観劇していた。

私たちも再び立ち上がっては、ヒーローの邪魔をし続けるという少ない役割を、ぎこちないながらもまっとうしていく。

そしてショーの終盤、一番の見せ場がやってきた。

「フフフ、私が怖いか？　私は怖い」

「私は負けない！　なぜならば、ヒーロなのだから！」

マクスウェルが私たちに捕らえられ、人質にとられている設定の中で、ヒーローラプラスとヴィランドレイクの最終決戦。

お互いの身体能力をフルに活《い》かした格闘シーンらしく、マクスウェルによれば、毎回大盛り上がりとなる場面らしい。

「ハァッ！　ハアアアアッ！」

「フハハハハッ！」

事前に聞いていた通り、ラプラスとドレイクは見事な肉弾アクションを魅《み》せる。観客は息を呑《の》んでヒーローとヴィランの一騎討ちを見守っていた。

エンカウンターは銃撃戦であり、武術を駆使する場面などありはしない。ゆえにふたりは、このシーンのために稽古し続けたのだろう。努力の跡がうかがえるシーンである。

しかしここで、アクシデントが起きる。

「あ、マズいっ……」

私たちに捕らえられているマクスウェルが、小声でそう呟《つぶや》いた直後……。

「ああっ……!?」

「ぐっ……!?」

どちらかが段取りを間違えたのか、空中でラプラスとドレイクは変な形で接触してしまう。

そして、観客が心配するような、危ない落ち方をしてしまった。

「「「…………………」」」

会場が一瞬にして、決まりの悪い空気に支配される。

当事者でない私でも、内臓から凍えるような雰囲気だ。それをラプラスとドレイクは、真正面から浴びていた。

「っ……」

せめて観客には見せないようにしているのか、ラプラスは青ざめた表情を私たちに向ける。

マクスウェルはフォローしようにも、ラピに口を塞《ふさ》がれている設定で、どうにもできない。

もどかしさが横顔から滲《にじ》む。他に舞台に立っているのは私たちだけ。

頭で考えたわけではない——口が勝手に動いていた。

「見ていられないなッ！　我が主ドレイクよッ！」

「ッ⁉」

主という設定のドレイクを指差し、できるだけ低い声で言い放つ私。それには舞台上の全員が寝耳に水といった表情を浮かべていた。

「ラプラス如《ごと》きに、それほど苦戦するとはッ！　もう貴様の下で働くのはコリゴリだッ！」

そのアドリブを察して、真っ先に追随《ついずい》してくれたのはラピだ。

「この女の持つ力の源・賢者の石は私たちが、いただいていく！」

続いてネオン、そしてアニスものってきた。

「あなたたちはせいぜいそこで、おままごとでもしていればいいのです！」

「ぶ、無様ね本当！　あはははは っ！」

アニスはいっぱいいっぱいのはずなのに、よく付き合ってくれた。もう唇が真っ青である。

さらにマクスウェルも、口を塞ぐラピの手を強引に解くと、ラプラスとドレイクに向かって叫んだ。

「賢者の石が奪われてしまったわ！　このままでは彼らに世界が支配される！　だから今だけはヒーローとヴィラン、ふたりで力を合わせて戦って！」

「な、なに……？」

「ふたりの力じゃ、こんなものではないはずよッ！」

「っ！」

台本通りだと受け取ってくれたのか、アドリブと理解しながら受け入れてくれたのか、会場から先ほどのアクシデントによる嫌な雰囲気が薄まっていくように感じる。

そして、観客席から飛んできた子供の声が、一気に空気を変えた。

「ラプラス――――ッ！　ドレイク――――ッ！　負けるな――――ッ！」

その声を背に、ラプラスとドレイクは立ち上がった。

「ヒーローはッ、負けないッ！」

「ヴィランもだッ！　この愚者どもが、私に反旗を翻《ひるがえ》すとはいい度胸だ！」

「ドレイク、今だけは共闘するぞ！」

「フンっ、邪魔だけはするんじゃないぞ！」

その後は、カウンターズは小道具の銃を使うなどして、何とかふたりの体術に応戦する形で戦闘シーンを成立させる。

そして良きところで、ヒーローとヴィランによって倒され、舞台袖へ退場するのだった。

「さあ、邪魔者はいなくなった！」

「フフフ！　最後に勝つのは、世界最強のヴィランである私だ！」

「いや、私だ！　みんな、力を分けてくれ！　応援してくれ！」

ラプラスは子供たちを前に、大声で叫ぶ。

「君が信じてくれさえすれば、私の正義は揺らがない！」

今日一番の歓声がラプラスに飛ぶ。

そうして、最高のヒーローと最高のヴィランの最終決戦が、始まった――。

＊＊＊

「おい貴様！　なんだあのアドリブは！　予定にないことをするな！」

「何を言ってるのドレイク。ベビーはふたりを助けてくれたんでしょー」

「そうか。ありがとう」

控え室に戻った私たちは、もう立ち上がれもしないほどの疲労感に襲われていた。体力というよりも、メンタル面での疲労が大きい。

「勘弁してよ指揮官様ぁ……心臓止まるかと思ったわ……」

「ですが、いい判断でした」

「本当です！　師匠があそこで動かなければ、とんでもない空気のままでした！」

「ああ、私も肝が冷えた……もう二度と代役なんてごめんだ……」

「あはは、もったいない。ベビーもカウンターズも、みんなうまくできてたよー」

マクスウェルにはいつの間にかベビーと呼ばれていたが、距離が縮まった証拠なのだろう。

三流と比べれば何倍もマシだ。

「バードボーイ！」

謎のあだ名で呼ぶニケがもうひとり。ラプラスは興奮気味で駆け寄る。

「あのショーの後で、元気だなラプラス……」

「バードボーイのアドリブのおかげで、子供たちをガッカリさせずにすんだ！　ありがとう！」

「ああ、あれだけのアクシデントを乗り越えた君は、真のヒーローだ」

「わはははは！　当然だ！」

実際あのアドリブ以降、台本にないセリフでもラプラスは一度も噛《か》まなかった。一皮剝《む》けるキッカケになったのなら良かった。

「ドレイクも、素晴らしかった」

「なんだと!?　何が素晴らしかったのか具体的に言え！」

「すべてだ」

「そうだ、私はすべて素晴らしかった。よく分かっているな貴様」

扱いにくいようで扱いやすいドレイクもまた、満足できたようで何よりだ。

一息ついたところで、マクスウェルが思い出したかのように言う。

「そうだ。それで結局ベビーたちは、何しに来たんだっけ。私たちに何か聞きたいことがあるとか言っていたけど」

「あぁ、すっかり忘れていたわ……とんでもない事態に巻き込まれたせいで」

「こんな達成感に包まれた後で、犯人捜しは心が痛みますね……」

「犯人捜し?」

私たちはメティスの三人に、パンツ盗難事件のこれまでの経緯を話す。

初めは「どうこの状況に繋《つな》がるのか」と困惑しながら聞いていた三人だが、ここに来た理由まで話すと、まずはマクスウェルが両手を上げて驚いた。

「えぇぇーっ！　私たちの誰かがあのパンツ泥棒の犯人ってこと!?」

「馬鹿なことを言うな！　ヒーローは泥棒などしない！」

「そんな悪事はしない！　私はヴィランだぞ！」

「ヴィランこそ悪事を働くんじゃないですか?」

「そうか。じゃあ私が犯人なのかもしれん」

とにかく、家事ロボットの記録を開示すれば、誰が大量のパンツが収納された『ギュッとする君』を倉庫へ運ぶよう指示したのか、判明するはずだ。

マクスウェルが代表して、開示を了承する。

「そりゃだって、濡《ぬ》れ衣《ぎぬ》だもん。何かの間違いでしょ」

「それじゃ、許可は取ったからね。どんな真実が出ても文句は言わないでね」

「では師匠、この場で記録を見てみましょう」

「ああ、分かった」

犯行に使われた家事用ロボットに残された犯行時刻の記録は、タブレットにコピーして今日この場に持ってきていた。

カウンターズとメティス、全員の視線を背中に浴びながら、そのファイルを開いた。

するとそこには確かに、あの倉庫へと積載物を運搬するよう指示した、とある人物の名前が記載されていた。

最終話　青春バースト！　ニケ学園

『maxwell』

「えっ、私!?」

ロボットの使用履歴に記載されていた名前を見て、真っ先にマクスウェルが反応した。

「ちょっと待ってちょっと待って！　そんなわけないよ！」

「マクスウェル！　やったのかパンツ泥棒！」

「あの量のパンツを……貴様とんだヴィランじゃないか……」

ヒーローショーのイベントとしてやってきたアーク外のショッピングセンター。その控え室にてメティスに激震が走る。ラプラスとドレイクも大いに動揺していた。

「あなたたちは私を信じてよ！　私がパンツ泥棒なんてメリットのないこと、するわけがないでしょ！」

「だがたまにマクスウェルには、底知れない恐怖を感じる時があるのも事実……」

「研究と称して、いかなる犠牲を払うことも厭《いと》わない女だろう」

「ちょっと────っ！」

取り乱すマスクウェル。こうして見ると、その戸惑いに嘘はないように感じるが……。

「ですが見てください、きっちり記載されていますよ。積載物をニケ学園敷地内《しきちない》の倉庫へ運ぶ指令が。ご丁寧《ていねい》にルートまで指定して」

「マクスウェルの技術力なら、家事用ロボットをハッキングしてマニュアル外の指令を出すことも、ラプチャーに細工して暴走させることもできそうだもんね」

「それはまぁ……できるけど」

できるのか。シフティーといい、末恐ろしい女性ばかりだなニケ学園は。

「あとは学園側に任せましょう。この証拠とともにマクスウェルを引き渡せば、ミッションはクリアになるはず」

「もー勘弁してよ――……って、ちょっと待って。記録をよく見せて」

ふとマクスウェルの表情が冷静なものに変わる。タブレットを凝視《ぎょうし》し、ロボットに残されたマクスウェルの使用履歴を確認する。

「このロボットは犯行時、女子寮から出て行って、まっすぐその倉庫へ向かったのよね？」

「ええ、その通りよ」

「ならおかしいわ……だって私はこの日、女子寮に帰っていないもの！」

マクスウェルは至って真剣な瞳で、私たちに訴えかける。

「マクスウェルそんな、指揮官様の前で朝帰りを告白するなんて……」

「違う！　その日はヒーローショーで使う小道具の開発や調整のために、ヒーロー部の部室に泊まって夜通し作業してたのよ！」

新たな証言を前に、私たちは顔を見合わせる。

「それって証明できるの？」

「ひとりで作業してたけど……校舎の監視カメラとか、証明できるものはあるはずよ。何よりラプラスとドレイク、同室なんだから分かるでしょ？　その日に私がいなかったって」

「む、確かにマクスウェルはたまに校舎に残って作業しているが、その日かどうかは……」

「その日はアレだろう。隣室の者からクッキーを分け与えられて」

「ああ、確かにそうだ！　あの日もらったクッキーは、マクスウェルの分も私たちで完食していたな！　つまりあの夜、マクスウェルは女子寮にいなかった」

「……その話、私知らないんだけど」

何やらややこしい話になってきた。もしマクスウェルの証言が正しければ、また一気に真実にモヤがかかる。なぜなら嘘の情報が記録されているのだから。

「とりあえず、学園に帰ってからいろいろとアプローチしてみましょう。当日の監視カメラの映像の確認や、改めて犯行に使われたロボットの解析など」

「だったら、私に解析させてよ、そのロボット」

マクスウェルの瞳に、怒りの炎が宿る。

「それってつまり、私に濡《ぬ》れ衣《ぎぬ》を着せようとした人物がいるってことでしょ？」

＊＊＊

ショッピングセンターから帰ってきたその足で、私たちはメティスと共に学園をゆく。

陽《ひ》が傾き始めた休日の校舎は閑散《かんさん》としており、私たちの足音が廊下に響いていた。

「あ、皆さんお待ちしていました」

カウンターズの居室に入ると、シフティーが待っていた。それにマクスウェルが反応する。

「あなたたちのアナリストも呼んだの、ラピ？」

「ええ。ロボットの解析と称して記録を書き換えるのを防ぐためにね。私たちには分からないけど、シフティーならできる」

「まだ疑われてるのね、まったく……」

「当然でしょー。容疑者に重要な証拠を触らせるわけには……」

「その件なのですが」

シフティーが割って入り、タブレットを掲げて見せた。

「指揮官に頼まれて、すでに当該日時の校舎の監視カメラ映像を調べさせていただきました。その結果、マクスウェルさんの姿が確認できました。放課後から朝方まで、ずっとヒーロー部の部室に籠《こも》っていましたね」

「ほらね！　よかったー、これで無実は証明されたでしょ!?」

「ですがまだ、遠隔でロボットを操作した可能性はゼロではありません」

「えーもう……いくら私でも、なんでもできるわけじゃないんだからね？」

「遠隔では操作できないのか⁉　マクスウェル！」

「まぁやろうと思えばできるけどさ」

やっぱりできるのか。

「ただもしも犯人がマクスウェルさんの名義を不正に使用したのなら、その痕跡《こんせき》はロボットに残されているはずです。それを確かめてみましょう」

そう言ってシフティーは、犯行に使われた家事用ロボットを指差す。

「これは、学園の重要物倉庫から持ってきたのですか？」

「はい。許可をもらいまして」

この家事用ロボットは事件解決のための大事な資料であるため、学園が管理する最重要倉庫に保管していたのだ。それを私が、学園に帰る前に持ち出し申請し、シフティーに持ってきてもらった。

「以前エクシアが解析した時は、何も分からなかったの？」

「エクシアさんが行ったのは記録の回収だけだったので。気を遣ってその中身は確認せずに、指揮官に渡したのでしょう」

エクシアも記録の改竄《かいざん》の可能性があるなどとは、予想もしていなかっただろうからな。

「じゃあ早速、解析していきましょう。シフティー、どうせ監視しているなら手伝って」

「はい、分かりました」

そうしてマクスウェルはロボットにノートPCを繋《つな》ぐと、シフティーと肩を並べて解析していく。

「バードボーイ！　腹が減った！　食糧支援を頼む！」

「アニスがそこにお菓子を隠しているぞ」

「ちょっと指揮官様!?　シフティーもいるのに！」

「フハハ！　私に寄越せ！　すべて私のものだ！」

「独り占めは良くないぞ」

「そうだな。みんなで食べると美味《おい》しいからな」

マクスウェルとシフティー以外は、しばし待機。

カウンターズの居室ながらも、ラプラスとドレイクは自室のようにくつろいでいた。

「というか、ふたりが付き合う必要はないのでは？　容疑者はマクスウェルだけですし」

「メティスは三人揃《そろ》ってメティスだ！　仲間が疑われたままで、のこのこと帰りはしない！」

「さっきは疑ってたくせに」

「あああっ！」

不意にマクスウェルの声が上がる。見れば彼女とシフティーが、目を見開いてノートPCの画面を見つめていた。

「どうしたの？　何か分かった？」

「ええ！　これを見て！」

ノートPCをこちらに向けられるが、暗号めいたコマンドが羅列されているばかりで、これが何を意味しているかはさっぱり分からない。

「よく分からないわ。説明してよ」

「えっと、簡単に言うと……『ギュッとする君』を倉庫まで運ぶという指令は、誰かがマクスウェルさんの名義を不正に利用し、行った証拠が出ました」

「おおおっ、よかった！　マクスウェルは無罪だ！」

「謝れ貴様ら！　マクスウェルを疑ったことを謝れ！」

「いいよもう。記録からして疑われて当然だったし」

「そうだな。貴様は疑われて当然だった」

「はぁ、疲れた……」

マクスウェルは深い安堵《あんど》のため息をつくのだった。

「それで、その濡《ぬ》れ衣《ぎぬ》を着せた犯人は分かったの？」

「それはまだ……ですが時間をかければ解析できるかと！」

「いや、さすがにこれ以上は学園側に任せよう」

私の提案に、この場にいた全員が「なぜ？」という顔を向ける。

「マクスウェルに罪をなすりつけたように、やはりこの犯人は罪から逃れるためなら何だってする人間だ。もしもシフティーが調べていると知れば、彼女に何をするか分からない」

シフティーはブルッと身体《からだ》を震わせる。ニケでもない彼女には身を守る術《すべ》もない。これ以上踏み込ませるのは危険と判断した。

「これらの捜査資料をロボットとともにアンダーソン副校長に提出すれば、あとは学園が犯人特定のために動いてくれるだろう」

そこまで言うと、カウンターズの三人は顔を見合わせて、意思を確認し合うように頷《うなず》いた。

「はい、そうすべきかと思います」

「師匠がそう仰《おっしゃ》るなら、従いますよ」

「この手で犯人を捕まえて、蹴りのひとつでもお見舞いしてやろうかと思ってたのになぁー。ま、いいけどね」

アニスはシュッシュッと蹴りをかます素振りを見せ、にへっと笑った。

「ありがとう。それではロボットと捜査資料をアンダーソン副校長の元に提出し、ミッションを終えよう。先ほど連絡したら、彼は副校長室にいるようだ」

「休日出勤ですか。ワーカーホリックですねぇ」

「指揮官様もだけどね」

「マクスウェルも疑って悪かった。正直、君が犯行に及んだとは到底思えなかったが、確証がなければ君の潔白も証明できなかった」

「いいよベビー、理解してる。でもせっかくだし、何か埋め合わせが欲しいなぁ?」

「わかった。考えておく」

「やったー。じゃあ私たちは帰るね。犯人が分かったら真っ先に教えてね、ベビー?」

そうしてシフティーとメティスとは居室で別れ、私とカウンターズは別校舎にある副校長室へと向かった。


「これで探偵ごっこもおしまいですねー」

「スッキリしない終わり方だったけどね。まぁ楽しかったわ」

「こんな複雑なミッションは、しばらくは回ってこないでしょうね」

夕日が芝生を照らす別校舎への道中、かしましく喋《しゃべ》るカウンターズの背中を見つめながら、私は証拠となるロボットが載った台車を押して進む。

「指揮官様はどうだったー? 学園に来て最初のミッション」

「なんだかんだ、いろんなニケと交流できて楽しかったのではないですか?」

「ああ、そうだな——」

「指揮官ッ! 危ないッ!」

「え……」

刹那《せつな》、ラピが私を押し倒したかと思うと、彼女の側頭部にゴム弾が命中した。

「っ……！」

「ラピッ！」

私にもたれかかるラピは、脱力していて動かない。

「ラピ！　一体どこから……」

「あ、あれ……っ！」

ネオンが指差す方角には、ありえない光景が広がっていた。

ラプチャーだ。ラプチャーの大群が、私たちの方に向かってきている。

「な、なんでラプチャーが外に!?　しかもあんな大群！」

「師匠を狙っていました……一体なぜ……？」

「まさか……事件の犯人が、このロボットを破壊しようとしているのか!?」

いかに手段を選ばないとはいえ、まさかラプチャーを使ってくるなんて。そのせいでラピは負傷してしまった。卑劣《ひれつ》極まりない犯人である。絶対に許してはいけない。

だが、この場の最優先はロボットではなく、ニケたちだ。

「アニス、ネオン！　ロボットを置いていますぐ逃げ……」

「言うと思った！　けど――その命令は聞けないわね！」

「何……？」

アニスはロケットランチャーを、ネオンはショットガンを、手際良く準備していた。

「ええ、私たちも我慢の限界です。こうなったら何としてでも、このロボットをアンダーソン副校長の元まで届けてみせましょう！」

「指揮官様は、ラピを介抱していて！　絶対にふたりの元までは行かせないから！　もちろんロボットも壊させない」

「しかし……」

「指揮官様、探偵ごっこのしすぎで忘れたの？」

アニスとネオンは振り向くと、どこまでも好戦的な、戦士の目を私に向ける。


「私たちは、ニケよ！」


鳥肌が立った。

そうだ。彼女たちはニケだ。ラプチャーを倒すために、日々訓練を重ねているのだ。

「分かった。私が指揮する」

その瞳を前にすれば、私も覚悟を決める他なかった。

「ネオンは小型の急所を狙いつつ、大型の方へと誘導。アニスは私の合図で大型を狙い、一網《いちもう》打尽《だじん》にする」

「私たちの最初の模擬戦《もぎせん》と同じ戦術ね」

「今となっては懐かしいですね。あそこから私たちの物語は始まったのです」

「ああ――絶対にこのロボットを守り抜き、ラプチャーを殲滅《せんめつ》するぞ！」

「はい！」

「任せて！　それじゃ、リーダーの代わりに言うわよ――エンカウンターッ！」

その声を合図に、アニスとネオンは迫りくるラプチャーに銃撃を浴びせていく。

ネオンのショットガンでラプチャーの動きを止めて、アニスのロケットランチャーで確実に一体仕留める。こんなイレギュラーな状況で、的確な動きで戦えている。

しかし、やはりふたりでは厳しかった。

確実に一体ずつ停止させているが、敵の数があまりにも多すぎる。大群との距離が、徐々に縮まっているのが目に見えて分かった。

ラピはいまだ気を失ったまま。私は武器を持っていない。

ここまでか、と思ったその時だ。

「バードボーイ！　ヒーローは諦《あきら》めてはならない！」

「っ！」

ガシャ――ンッ！

ガラスの割れる音が聞こえた時、私の目前に現れたのは、まごうことなきヒーローだった。

「ヒーローラプラス、見参っ！」

「ラプラス!?」

突如《とつじょ》ラプラスが右手側の校舎から、ヒーローショーさながらの登場を見せつけた。決まってはいるが、ガラスを破る必要はあったのだろうか。

「見ていろバードボーイ！　今ここに正義を証明する！」

ラプラスのビーム砲から放たれたレーザービームが、ラプチャー数体を再起不能にする。

「な、なんでラプラスが……」

「またガラスを割って……ラプチャーがやったことにしてねベビー」

「フハハ！　どうだ貴様！　ヴィランに助けられる気分は！」

続いて校舎からやってきたマクスウェルとドレイクも、襲い来るラプチャーに相対する。

メティスが勢ぞろいしてやってきた。その理由をマクスウェルが語る。

「嫌な予感がするって、ラプラスが言ってね。ヒーローの勘ってやつ？」

「あ、ありがとう……」

「それで、これってどんな状況なの？」

「分からないが、おそらく狙いはこのロボットだ」

「へー、そう。つまり私に濡《ぬ》れ衣《ぎぬ》を着せた犯人が、強硬手段に打って出たってわけ。それは、絶対に許せないよねぇ!?」

マクスウェルのスナイパーライフルが、ラプチャーを撃ち抜く。やはりかなり怒りが溜《た》まっているようだ。

「加勢するわベビー。絶対にこのロボットを届けて、犯人を捕まえてやろう。指揮をお願い」

「ああ。だがラプチャーの数が多すぎる。たとえメティスがいたとしても……」

「ああ、それなら大丈夫。さっきシフティーと連絡先を交換しておいたでしょ？」

ニヤリと笑うマクスウェル。

すると次の瞬間、ラプチャーの大群のど真ん中へ、ロケット弾が着弾。轟音《ごうおん》を立てて爆発しラプチャーが吹き飛ばされる。

「頼んでおいたから――応援」

ロケット弾の発射元、煙の中に立っていたのは……。

「す、すごいことになってる……」

「あら～ラプチャーがこんなところに出てきたら危ないわよ～」

「………」

ベスティー、エマ、そしてウンファ。アブソルートの三人だ。

ウンファは、気絶したままのラピを一瞥《いちべつ》。しかしすぐに向き直ると、エマとベスティーを鼓舞する。

「よく分からんが、メティスには負けられん。一体でも多く殲滅《せんめつ》するぞ！」

「りょうか～い」

「ぼさっとするな三流。指揮をさせてやる。ありがたいと思え」

「わかった。アブソルートは校庭側の一団を頼む。遮蔽物《しゃへいぶつ》は少ないが……」

「みくびるな三流。遮蔽物は、自ら作るものだ！」

ウンファは近づいてきたラプチャーを一撃で停止させると、アブソルートは揃《そろ》ってそれを遮蔽物にどんどん進攻していく。

エリシオンとミシリスが誇るニケ学園の二大チームの登場に、アニスは「何しにきたのよ」と憎まれ口を叩《たた》きながらも、わずかに安堵《あんど》した表情を見せた。

「ワトソン、ワトソン――っ！　何ですかこの大事件は――っ！」

「初心者さん……嵐を呼ぶ男……」

プロトコールのふたり、ノベルとエクシアもバタバタとやってきた。

「シフティーに呼ばれたのか？」

「いや、事件の匂いを嗅《か》ぎつけたのであります！」

「休日にまでラプチャーの相手……私、働きすぎ……」

すると今度は反対方向から、サブマシンガンの小気味いい音が響き渡る。

「一番の働き者は下僕でしょう？　ねぇアリス？」

「はい！　女王様の言う通りですっ」

見ればルドミラが、ラプチャーに無数の弾丸を撃ち込んでいた。そばにはアリスもおり、スナイパーライフルを構えている。

「ウサギさーん、またキャンプ行きましょ～。ワンダーランドっ、ですよ～」

「敵に集中しなさいアリス。まだまだいるわよ」

「はーい」

アンリミテッドの華麗な登場に、ノベルは「ぬぬぬ！」となぜか悔しそう。

「エクシア！　私たちも負けてはいられません！　プロトコールの……いやミステリ研究部の意地を見せるのです！」

「ミステリ研究部……関係ある……？」

プロトコールのふたりも相性の良さを見せつけるように、ラプチャーを次々に倒していく。

相性が良いと言えば、このふたりも。

「ミハラー、これ終わったら、ご褒美《ほうび》くれる？」

「ええ、もちろん。お尻がいい？　お胸がいい？　それともお尻？」

「ミハラがお尻好きなだけじゃーん。あ、指揮官元気？」

「あ、ああ……」

助けに来たのか、たまたま通りかかったのかは分からないが、ワードレスもふたりだけの世界を構築しながら加勢している。まるで私たちが邪魔者のような空気である。

「う……指揮、官……？」

「ラピ！　気がついたか!?」

「え、ええ……意識もはっきりしています……申し訳ございま――指揮官、後ろ！」

「なっ……！」

誰もいない背後から、一体のラプチャーがこちらに狙いを定めている。気づいた時には銃口を向けられており、とっさに私はラピを抱きしめて守る。

しかし……。

「セブンスドワーフ、フルアクティブ――貫けッ！」

微《かす》かに聞こえてきたその声を追いかけるように、一発の弾丸が光のような速度でラプチャーに命中。ラプチャーは爆炎を上げて轟沈《ごうちん》した。

「今のは……スノーホワイト？」

見れば遥か遠く、校舎の屋上で白いマントをはためかせる、スノーホワイトの姿が。こちらへ向けて、対艦ライフルを構えている。

良かった。どうやら現在は空腹ではないらしい。久々に凛々《りり》しい姿が見られた。

強く、美しく、個性的なニケたちが勢ぞろい。暴走するラプチャーの大群を殲滅《せんめつ》していく。

危険で、一分の油断も許さない状況だが、妙にワクワクとする自分もいる。

「私も……ここで援護します」

「無理するな、ラピ」

「心配要りません。ニケですから」

「そうか」

これが、ニケ学園なのだ。

「さあ、あと少しよ！」

「指揮官様は私が守るわ！」

「火力っ！　火力最高っ！」

気づけばラプチャーの数は、ここにいるニケたちの数よりも、少なくなっていた。


「それで、何なんだこの状況は」

全ラプチャーを無事に殲滅した後、ウンファが代表して尋ねる。

私はこれまでの経緯を話しつつ、これがおそらく犯人がロボットを破壊するために仕組んだものだと説明する。

「もうそこまで推理は行き着いていたのですね、ワトソン！」

「パンツ泥棒さん、ひどい人ですねぇ。私たちキャンプ部のカメラを壊すだけじゃなく、そんなにいろいろ悪いことを」

「何よりこんな数のラプチャーを暴走させるなんて～、普通の人には無理よね～？」

「誰なのー？　こんなことしたパンツ泥棒はー？」

ユニの質問に、「それが分かってれば苦労しないっての」とアニスが呟《つぶや》く。

『分かりましたよ！　犯人！』

そう叫ぶのは、シフティーだ。先ほどまでイヤホン越しにオペレーションしてもらっていたのだが、突如《とつじょ》として声をあげた。

皆にも聞こえるようにタブレットをスピーカーにすると、シフティーは語る。

『実は指揮官の命令に背いて、今の今までマクスウェルさんの名義でロボットを使役した人物を、調べていたのです！』

「シフティー……まあいい。それで、犯人が分かったというのは本当か？」

『はい、分かりました！　マクスウェルさんの名義を使用したのは――』

皆が息を呑《の》む中、シフティーはその名前を言い放った。

『シュエンさんです！』

「……なに？」

シュエン。三大企業ミシリスのＣＥＯ。この場の誰もが知っている名前だ。

だが、いろいろと違和感がある。

「いや、なんでシュエンが？」

「そもそもー、シュエンは私たちに、パンツ泥棒を捕まえるよう命令したりしてたけどー」

ユニの言う通り、パンツ盗難事件が起こってすぐの頃、シュエンは真っ先に私を疑うなど、事件解決のために躍起になっていた印象がある。アークの印象が悪くなるからだとか。

それを思い返すと、シュエンがこんな事件を起こすのは行動に統一性がないような……。

「貴様ら！　いない人の話をするとは何事だ！」

その時、突如ドレイクが謎に誠実な倫理観でもって騒ぎ始める。

「シュエンならずっとそこにいるのだから、話に交ぜてやるべきだ！」

「……ん？」

「ギクッ……」

ドレイクが指差す先、草むらの陰に確かにいた。派手な服が見える。シュエンだ。

「シュエン？　なぜここに……」

「さ、騒がしいから見に来たのよ！　まさかラプチャーがこんなに暴走するなんてね！　業者を変えた方がいいのかしら……」

「ねえ、シュエン。その持ってるやつ、よく見せて」

「うっ……」

マクスウェルに距離を詰められ、とっさに逃げようとするシュエン。しかし怪しい雰囲気を察してか、ウンファァとルドミラが彼女を囲って逃さないようにしていた。

「怪しいな」

「それでマクスウェル。その機械がどうしたの？」

シュエンが両手で持っていたのは、巨大なラジコンのコントローラーのような機械だ。

マクスウェル、そしてミハラはそれに見覚えがあるらしい。

「これって、あなたが私たちの演習を視察に来た時に、ラプチャーを操作するのに使っているコントローラーよね?」

「ええ、私も見たことがあるわ」

ミシリスのふたりが言うのだから事実なのだろう。

ラプチャーを操作するコントローラー。今この場でそれを持っているということは……。

「限りなく、黒に近づいちゃったわね」

「もう吐いちゃった方が楽ですよ?」

アニスとネオンが、むしろ優しい口調で話しかける。

ニケたちのいくつもの鋭い視線を受け、ついにはシュエンが白状した。

「あ――もうっ！　ええそうよ！　パンツの大量消失も、ロボットをハッキングして倉庫に運ばせたのも、ラプチャーを暴走させたのも、ぜんぶ私っ！」

「えええええええ、そうなのかシュエンっ！」

「さ、最悪のヴィランの称号は、貴様のものだ……っ！」

純粋なミシリスの子ふたり、ラプラスとドレイクだけが、心の底から驚いていた。

私はシュエンの前でしゃがみ、同じ目線でまっすぐに目を見つめながら、問う。

「なぜそんなことをしたんだ。パンツの盗難なんて……」

「ぬ、盗むつもりなんてなかったわよ！　これは……仕方なかったの！」

そうして語られる、前代未聞の大量パンツ盗難事件の全貌《ぜんぼう》。

時は、事件発生の直前にまで遡《さかのぼ》る。

＊＊＊

「あーもう、洗濯物がこんなに……」

女子寮の自室にて、シュエンは溜《た》まった洗濯物を前にウンザリ。

「寮の安い洗濯乾燥機にかけると傷むのよね……せめて下着だけでもやっておきましょうか」

そうしてシュエンは家事用ロボットに下着を預けて、ランドリールームの洗濯機への投入を指示する。そこで、シュエンは悪知恵を働かせる。

寮の家事用ロボットでできることは、ランドリールームの洗濯機への投入のみ。回収する際はランドリールームへ自ら出向く必要がある。数に限りがある家事用ロボットの作業量を軽減させるためである。

「面倒だと思ってたのよねぇ。なんでこの私がニケたちと同じように、自分で回収しに行かなきゃいけないのかしら。社長なのよ、私は」

そうしてシュエンは、家事用ロボットの仕様を勝手に変更。自分の洗濯物だけ洗濯機への投入だけでなく、乾燥後の回収と部屋までの運搬が可能になるように設定した。

つまりは、横着したのである。

それが、すべての悲劇の始まりであった。

実はその時、シュエンは設定をミスしていた。自分の下着のみを回収するシステムを組み込んだつもりが、誤ってランドリールームにあるすべてのパンツを自動的に回収するシステム、通称シンクロデバイスを起動させてしまっていたのだ。

その後、シュエンが部屋を出て以降、ロボットは仕様通りに女子たちのパンツを回収してはシュエンの部屋に運搬。各フロアのランドリールームを往復し、パンツ回収を繰り返した。

そうしてパンツ盗難事件に発展。

しかし当のシュエンは多忙で女子寮の部屋に戻る機会がなかったため、まさか犯人が自分だとも知らず、その事件をミシリスCEOとして重く受け止める。

そして……。

『はいはい、騒がないでちょうだい。私は暇じゃないの。さっさと用事を済ませないと』

『身の程知らずのお調子者は、こうやってたまに踏んづけてあげないと』

『家宅捜索よ。今からこの居室を調べさせてもらうわ』

自室にパンツが溜《た》まっていっているとも知らず、ワードレスを引き連れて意気揚々とカウンターズの居室へ突撃。

結果収穫はなかったものの、犯人は新人指揮官だと疑わず。マークするようにワードレスへ指示した。

そしてついに、シュエンが女子寮の自室に戻る時がきた。

「な、なによこれ――――っっ!?」

リビングに高く積まれたパンツの山を前に、シュエンは腰を抜かした。

そんな彼女の前を通過し、さらにパンツを追加するロボット。シュエンはその瞬間にすべてを悟った。パンツ泥棒の主犯は自分なのだと。

それからは、カウンターズが捜査した通りだ。

ミシリスの社長であるがゆえ、マイティツールズの新製品『ギュッとする君』の存在は知っていた。ゆえに盗んだ。そしてそれにすべてのパンツを押し込み、使われることの少ない敷地《しきち》内《ない》の北端の倉庫へ隠した。

その際、足がつかないようにとマクスウェルの名義を不正利用。自分の管理下にあるニケだったため操作しやすかったらしい。

少しでも手がかりを消そうとキャンプ部の監視カメラを破壊。レコーダーも盗んだ。

大っぴらに捜査をして大ごとにされかけたので、ラプチャーを暴走させノベルを襲撃。

それらの妨害をしておきながら、ついに新人指揮官とカウンターズに真実が明らかにされそうだったので、大量のラプチャーを投入。

　そうして見事に、玉砕するのであった、

＊＊＊

「「「…………………」」」

　あまりにくだらない顛末《てんまつ》に、その場にいたおおよその二ケは呆《あき》れ果てていた。

「ちなみに聞くが……なぜ私たちが真実に近づいていると気づいた。ラプチャーで襲うタイミングが絶妙だったが」

「盗聴器を仕掛けてたからね。カウンターズの居室に」

「………」

　まるで悪びれないシュエンには、言葉も出なかった。

　厳しい空気に晒《さら》されて、決まり悪そうな顔をしていたシュエンは、ついには逆ギレする。

「なによ！　じゃあパンツを盗まれた被害者全員に慰謝料でも配りましょうか!?　それとキャンプ部とかいう貧乏くさい部の監視カメラも弁償してね！　それともここにいる全員に何百万か握らせれば、黙っててくれるのかしら!?」

「………」

「言っておくけどね、私にはあなたたちと違って立場というものがあるの！　ミシリス所属は何人!?　私がいなくなれば全員クビよ!?　学園からサヨナラよ!?　それでも良いと……」

「ん？　ラピ、大丈夫か？」

ゴム弾を側頭部に受けて負傷していたラピが、突然ふらりと立ち上がる。

何やら小走りで、シュエンの方へと向かうと――。

「ん？　何……」

ドンッ！

「ぐはっ！」

ラピは回し蹴りで、シュエンの腹部を蹴った。

シュエンはお腹《なか》を抱えて、地面に座り込む。

「うっ……うへっ……！」

その光景を、ニケたちは冷ややかな目で見る。ラプラスとドレイクだけは、マクスウェルに目隠しされ、何が起きているのか分かっていない様子だった。

「お前……私を誰だと……」

「申し訳ございません。頭を打ったせいか、混乱してしまい」

頭を打って混乱しているわりにはハキハキと喋《しゃべ》るラピ。

「うん。頭を打ったのなら、仕方ないわね」

「ああ、仕方がないな」

マクスウェル、そしてウンファも大きく頷《うなず》いてそう呟《つぶや》く。

ニケ学園始まって以来の珍事、大量パンツ盗難事件。

その結末は、自業自得という言葉がよく似合う光景が広がっていた。

＊＊＊

「お騒がせしました」

アークの市街地にある大病院の玄関にて、ラピは私へ深く頭を下げる。

「いや。大事がなくて良かった」

「はい」

先日のラプチャー集団暴走事件により、側頭部にゴム弾を受けたラピは、その後すぐに病院へ搬送された。数日の間入院し、精密検査なども受診。

結果としてどこにも異常はなく。本日こうして退院と相成ったわけだ。

学園へ向かうタクシーの中で、ラピは私に尋ねる。

「学園の方は、変わりないですか？」

「そうだな。シュエンがあばら骨を骨折したくらいか」

「そうですか。大変ですね」

「事件も解決して、平和そのものだな。ただカウンターズの二人は、寂しそうにしていたぞ」

「……そうですか」

フロントガラスの向こうに学園の校舎が見えてきた。

私は会計の準備をしようと財布を取り出す。そこでふと、ラピが小さな声で呟く。

「指揮官、学園に来て良かったですか？」

私はラピの目をまっすぐに見つめ、微笑《ほほえ》みながら答えた。

「ああ。ニケたちは個性的で、刺激的で、充実した毎日を送っているよ」

「そうですか」

そう答えたラピの口元は、わずかに緩んだ気がした。


学園に戻ったラピを、私は用があると言ってカウンターズの居室へと案内する。

そうして、ラピに扉を開けさせると……。

パンっ、パンっ！

「退院おめでと――――っ！」

「おめでとうございま――――すっ！」

アニスとネオンがクラッカーを鳴らして出迎えた。

「うん、ありがとう」

「反応薄っ！」

「びっくりしなかったのですか？」

「そんなことだろうと思ったから。普段の指揮官なら、きっとすぐ女子寮に帰すだろうし」

「ぐわ――人選ミス！」

「だって女子寮だと、師匠が参加できないじゃないですかー」

何はともあれ、退院おめでとう会は始まった。

テーブルの上には多くのお見舞い品が並んでいる。

「どうしたの、これ」

「主にあの日、あの場にいたチームの皆さんからですね。ワードレスにアンリミテッド、スノーホワイトにプロトコール、アブソルートにメティス」

「ま、要はみんな、ラピのキックでスカッとしたってことでしょ」

「なんのことかしら。あの時の記憶は曖昧《あいまい》で」

「はいはい、そういうことにしておきましょう」

「あ、マイティツールズからもありますね。『ギュッとする君』のお礼でしょうか」

その数のお見舞い品には、ラピもどれから手をつけたら良いか戸惑っているようだ。

「とりあえず、古巣のアブソルートから開けてみれば？」

「そうね。これは……ショートケーキ？」

「……これ、どなたが作ったんですかね」

「確率三分の一で病院送り……」

「入れ違いで入院は嫌ですね……師匠、一口どうですか？」

「……分かった。私が確かめよう」

ニケ学園。未来のエンカウンターのスターを育てる、ニケのための学園。

その指揮官として私は今日も、個性的で、刺激的で、独創的な時間を嚙《か》み締めていく。

「指揮官！」

「指揮官様！」

「師匠――――っ！」

なんとも、味わい深い日々である。

了

パパ活JKの弱みを握ったので、犬の散歩をお願いしてみた。

著／持《もち》崎《ざき》湯《ゆ》葉《ば》

イラスト／れい亜《あ》
定価 704 円（税込）

残業帰りの梶野了は隣に住む女子高生・香月乃亜がパパ活をしている瞬間を目撃する。

奇妙なきっかけから始まった二人の関係は次第に親密になっていき――。

「カジさん、匂い……嗅いでもいいっすか？」「なんで!?」

GAGAGAGAGAGAGAGAGAGA

変人のサラダボウル

著／平坂《ひらさか》 読《よみ》

イラスト／カントク
定価 682 円（税込）

探偵、鏑矢惣助が出逢ったのは、異世界の皇女サラだった。

前向きにたくましく生きる異世界人の姿は、この地に住む変人達にも影響を与えていき――。

『妹さえいればいい。』のコンビが放つ、天下無双の群像喜劇！

GAGAGA

ガガガ文庫

勝利の女神：NIKKE　青春バースト！ニケ学園

持崎湯葉
原作：SHIFT UP

発行　2025年2月23日　初版第1刷発行

発行人　鳥光 裕

編集人　星野博規

編集　大米 稔

発行所　株式会社小学館
〒101-8001 東京都千代田区一ツ橋2-3-1
[編集]03-3230-9343　[販売]03-5281-3556

カバー印刷　株式会社美松堂

印刷・製本　TOPPANクロレ株式会社

Printed in Japan　ISBN978-4-09-453223-4

第20回小学館ライトノベル大賞
応募要項!!!!!!!!!!!!!!!!!!!!!!!!!!!!!!!!

ゲスト審査員は裕夢先生!!!!!!!!!!!!!!!!

大賞：200万円＆デビュー確約

ガガガ賞：100万円＆デビュー確約

優秀賞：50万円＆デビュー確約

審査員特別賞：50万円＆デビュー確約

第一次審査通過者全員に、評価シート＆寸評をお送りします

内容 ビジュアルが付くことを意識した、エンターテインメント小説であること。ファンタジー、ミステリー、恋愛、ＳＦなどジャンルは不問。商業的に未発表作品であること。
（同人誌や営利目的でない個人のWEB上での作品掲載は可。その場合は同人誌名またはサイト名を明記のこと）

選考 ガガガ文庫編集部＋ゲスト審査員裕夢

資格 プロ・アマ・年齢不問

原稿枚数 ワープロ原稿の規定書式【１枚に42字×34行、縦書き】で、70～150枚。

締め切り 2025年9月末日 ※日付変更までにアップロード完了。

発表 2026年3月刊『ガ報』、及びガガガ文庫公式WEBサイト GAGAGA WIREにて

応募方法 ガガガ文庫公式WEBサイト GAGAGA WIREの小学館ライトノベル大賞ページから専用の作品投稿フォームにアクセス、必要情報を入力の上、ご応募ください。
※データ形式は、テキスト（txt）、ワード（doc、docx）のみとなります。
※同一回の応募において、改稿版を含め同じ作品は一度しか投稿できません。よく推敲の上、アップロードください。
※締切り直前はサーバーが混み合う可能性があります。余裕をもった投稿をお願いします。

注意 ○応募作品は返却致しません。○選考に関するお問い合わせには応じられません。○二重投稿作品はいっさい受け付けません。○受賞作品の出版権及び映像化、コミック化、ゲーム化などの二次使用権はすべて小学館に帰属します。別途、規定の印税をお支払いいたします。○応募された方の個人情報は、本大賞以外の目的に利用することはありません。